큰 글
한국문학선집

권환 시선집

자화상

일러두기

1. 이 시선집은 『자화상』(조선출판사, 1943), 『윤리』(성문당서점, 1944), 『동결』(건설출판사, 1946)… 등에 실린 작품들을 저본으로 삼았으며, 이외 『3·1 기념시집』·『건설』·『동아일보』·『무산자』· 『문학』·『문학건설』·『문학창조』·『신소년』·『제일선』·『조광』· 『조선문학』·『조선일보』·『조선중앙일보』·『카프시인집』·『학병』· 『한성일보』·『해방일보』·『현대일보』·『횃불』 등에 실린 작품들은 출전을 밝혀두었다.

2. 작품 수록순서는 시제목의 가나다순으로 하였다.

3. 이해를 돕기 위하여 '[ ]'으로 편집자 주를 달았다.

4. 원전에서 알아 볼 수 없는 글자는 '●'으로 표시하였다.

목차

ㅎ

가등(街燈)

검은 밤을 지키느냐
푸른 별들과 속삭이느냐
달아가는 바람의
고요한 발자국 소리를 듣느냐

눈보라 속에서 깜박 깜박
거리의 등불

천년 전 옛 일을 회상하느냐
만년 뒤 장래를 추상(推想)하느냐
멀고 먼 바다 저편의
아름다운 풍경을 상상하느냐

부-연 안개 속에서 깜박 깜박

거리의 등불

푸른 하늘을 우러러 보느냐
검은 땅을 내려다 보느냐
무한한 어둠 속을
뚫어지게 응시하느냐
봄비 속에서 깜박깜박
거리의 등불

은색 파라솔을 든 연인은
아직도 기다리고 섰다
동녘 하늘이 멀지 않아
부채살처럼 밝아질 게다

깜박 깜박하는 등불
명상하는 등불
너는 거리의 양심이다

가려거든 가거라

-우리 진영 안에 있는 소(小)부르조아지에게 주는 노래-

소부르조아지들아

못나고 비겁한 소부르조아지들아

어서 가거라 너들 나라로

환멸의 나라로 몰락의 나라로

소부르조아지들아

부르조아의 서자식(庶子息) 프로레타리아의 적인 소

부르조아지들아

어서 가거라 너 갈 데로 가거라

홍등(紅燈)이 달린 카페로

따뜻한 너의 집 안방구석에로

부드러운 보금자리 여편네 무릎 위로!

그래서 환멸의 나라 속에서

달고 단 낮잠이나 자거라

가거라 가 가 어서!
작은 새앙쥐 같은 소부르조아지들아
늙은 여우같은 소부르조아지들아
너의 가면(假面) 너의 야욕 너의 모든 지식의 껍질
을 짊어지고

가을

산골 벼가 금같이 누러니
저녁놀이 자주(紫紬)같이 붉으니
아버지 살결이 유달리 희다

머리 딴 총각 때부터 부친다는
서마지기 논 둔덕 위에서
혼자 잡초 연기 피우면서
아버지는 무엇을 생각는지?

간판

오늘은
기어만
간판이 떼이고 말았다
오년 동안이나 셋집 셋집으로 울러 메여다니던
이 간판이
오 년전 그 때의 ××[카프]부원 지금은 서울서 ×××
고 있는
박이 손수 쓰고 간
그 굵다란 먹 글자가
벌써 바람에 스치고 비에 씻겨 희미하게 된 이 간판이
오늘은 기어만 떼이고 말았다

그리고 또 이 집이
기어만 닫히고 말았다

이태동안 몇 번이나 집임자한테 쫓겼다 들어간 이
집이!
　낡은 테이블 한 개 의자 한 개
　옛 벽에 차게 걸린 ××[카프]포스터 밖에 없는
　초가 이 칸 다 헐어져 가는 이 집이!
　괭이 지게를 문밖에 세워두고
　먼지 떨어지는 머리들을 맞대어 가지고
　우리들의 작은 일이나 큰 일이나
　이 안에서 의논하는 이 집이
　기어만 닫히고 말았다

　그렇지만 어린 동무들아 늙은 동무들아
　두 눈은 왜 그리 둥그래지고
　맥은 왜 그리 풀어지나?

용감하게 끝끝내 할 일을

석자도 못된 이 나무 조각 간판이 떼어졌다고

이간밖에 안된 이 낡은 초가집이 닫혀졌다고 못할
것은 없는데

먹 글자 쓰인 간판이야 갔건 말았건 나무 간판 달린
회관 집이야 있건 없건

용감하게 끝끝내 할 일을 못할 것은 없는데

　　　　　　　　　　—구고(舊稿) 중에서

　　　　　　　　　(『조선일보』, 1933.6.22)

고궁(古宮)에 보내는 글

- 미소공동위원회에 -

높은 담밑 흰 눈도 마지막 사라지고
연못가 버들가지 푸른 고궁에
그대들은 왔구려 봄을 찾아서

그대들은 거룩한 원정(園丁)들
파쇼의 억센 가시나무를
군국주의의 모진 독초를
모조리 베어버리고 뿌리 채 뽑아버린
승리의 원정!
세계의 민주주의의 씨를 뿌리고
세계의 민주주의 꽃에 물을 주는
민주주의 원정!

훌륭하게 복돋아 주리라

조선의 꽃

민주주의의 꽃

40년동안 제국주의 발 밑에 짓밟혀

잎도 꽃도 피어보지 못한

한 떨기 조선의 꽃

봉실봉실 피리라 조선의 꽃

아름답게 피리라 민주주의의 꽃

오랫동안 서리맞고 거칠어진

조그만한 이 화원에도

흰 무명옷 입고

황토밭 밑 얕은 초가집에 사는

순한 양 얼굴같은 이 백성들은

실상 모두다 민주주의를 사랑하니까요

아서라 어서 가거라
한 마리도 덤비지 못하리라

민주주의의 잎을
민주주의의 꽃을 갉아먹는 벌레
민주주의의 뿌리를 파먹는 벌레
파쇼, 독재, 지배욕의 화신인 벌레
히틀러, 무솔리니 화신인 벌레
모조리 밟아버리라 쫓아버리라
조선화원의 모든 검고 푸른 해충을

그래서 봉실봉실 피리라
아름답게 피리라
조선의 꽃

민주주의의 꽃

—1946.3.20, 병석에서

(『문학』 1호, 1946)

고담책(古談冊)

삼간 초가집 들 창 속
까물거리는 등잔 밑에
이야기 책 읽는 소리가 들린다

언문 구운몽(九雲夢) 한가운데
성진(聖眞)이가 팔선녀(八仙女) 데리고
구름 속에서 노는 장면이었다

고향

내 고향의
우거진 느티나무 숲
가이없는 목화밭에서
푸른 물결이 출렁거렸습니다

어여쁜 별들이 물결 밑에
진주같이 반짝였습니다

검은 황혼을 안고 돌아가는 흰 돛대
당사(唐絲)같은 옛 곡조가 흘러나왔습니다

그곳은 틀림없는 내 고향이었습니다

꿈을 깬 내 이마에
구슬 같은 땀이 흘렀습니다

고향

십년전 양주(兩主)가
등에는 괴나리 봇짐
두 손에는 바가지 들고
북으로 북으로 멀리 간 박첨지도
어제 만주서 돌아왔다
동리 어구에 들자 말자 연신
용감한 아라사 병정 이야길 하면서
도수장에 목을 옭혀간 소처럼

구주(九州) 탄광으로 끌려갔던 김춘보(金春甫)도
2년만인 그저께야 돌아왔다
위 아랫니를 부득부득 갈면서

쫓겨가고 고향을 파먹던 모진 야수들은

찾아왔다 고향을 잃은 백성들은
야학교 좁은 강당에선
박수 소리가 요란하게 일어나다
학병서 돌아온 덕수(德洙) 군의
각모(角帽)를 휘두르며 부르짖는 연설회다
이 넓은 삼거리 들(野)도 모두
우리들 땅입니다 이젠
제등(薺藤)이 논도 영목(鈴木)이 밭도 아닙니다

온 들에 구수하게 풍기다
익은 곡식의 향내가

만세 소리가 때때로 바람결에 들리다
이 마을 저 마을서

유달리 맑고 푸른

자유 조선의 가을 하늘이었다

(『횃불』, 1946.4)

곽첨지(郭僉知)

서리같이 허-연 머리털 위에는
검불티가 부-옇게 쌓여 있다
주름살이 쭈글쭈글하는 얼굴
흙빛같이 누르고 검다
그리고 마른나무 껍질같은 두 손
무거운 짐을 질 때마다 삼대같이 야윈 다리가
중풍 병자같이 벌벌 떤다

그러나 지금도 그는 뒤뜰 논 일곱 마지기를 위해서
이른 아침부터 늦은 저녁까지
힘없는 숨을 헐떡여가며
지게를 지고 괭이를 메어야 된다
일곱 마지기 논 그것은 금쪽같이
그의 열 살 먹은 외동아들같이 사랑하고 아낀다

그가 삼십전후 억센 다리에 피가 펄펄 뛸 때엔
늘 천석꾼의 꿈을 꾸었다
그 꿈 때문에 모든 것을 참아가며 살아왔다
그러나 지금은 그 꿈도 구름같이 사라진지 오래다
그 꿈은 구름보다 더 까맣고 헛되었다

그는 지금 보리를 바지게를 받쳐놓고
논 언덕 위에 우두커니 앉아 있다
등바닥 해진 낡은 삼베옷
허-연 머리카락을 가을 바람에 휘휘 날리면서
곰방대를 뻐끔뻐끔 피우고서
일곱 마지기 논을 내려다보고 무엇을 생각는지?!

(『동아일보』, 1939.5.13)

구름

비단 같은 구름이
흩어졌다 뭉쳤다
뭉쳤다 흩어졌다

그들은 고향을 찾는 것이란다

새파란 바다 위에
별 같은 섬들
섬·섬·섬들

섬 위에 흰 갈매기
갈매기 위에 흰 구름이 날다

어머니!

저 흰 새들의
심정을 아십니까?

그리고 또 내가 저 하늘을
뚫어지게 보고있는 심정을?

귀뚜라미

사람이 만일 이 벌레처럼
쉼없이 재깔거렸다면
주둥아리가 벌써 틀어막혔을 게다

사람이 만일 이 벌레처럼
쉼없이 느껴운다면
위대한 시인의 칭호를 받을 게다
월계관을 틀림없이 얻었을 게다
오! 귀뚜라미만큼 정열 많은 시인을
이 땅에선 영원히 볼 수 없을까?

그대

그 사람 몸도 억세고 튼튼하더니
거짓말 아니라 쇠방앗공이도 같더니

키도 장승처럼 컸거니와
두 눈엔 불방울이 펄펄 날더니

그래도 늙은 홀어머니 앞엔
양새끼처럼 순하디 순하더니

좋다면 두 볼을 맞대 비비고
미웁다면 이빨도 꺽꺽 씹으려 하더니

누구나 한번은 죽고마는 것이나
나라 위해 죽는 게 얼마나 신성하냐고

말버릇처럼 지껄이더니

인제 빙그레 웃으렷다. 그대의 영령(英靈)은!

그대

우리는 그대를 이때껏
다만 한 우리들의 좋은 동무만으로 알았더니라
다만 우리들과 같이 괭이 들고 석탄(石炭)파는 한
광부(鑛夫)만으로 알았더니라

우리들이 일 마치고 모여 앉은 자리 한 구석에서
×[저]들이 어떻게 어떻게 우리들의 ×××××어
먹는가
또 우리 노동자는 어떻게 어떻게 그들과 싸워야 한
다를
차근차근하게 잘 알아듣게 친절하게 말해주는 다만
한 좋은 동무만으로 알았더니라

그래서 일만 마치면 노름과 싸움밖에 할 줄 밖에 모

르던 이 광산에

　우마같은 대우도 충실하게 받을 줄 밖에 모르던 이 광산에 불평과 ××[불만]의 화×[염]을 뿌려주며

　××[놈들]과 싸우는 우리들의 군영(軍營) ― 조합(組合)을 만들어 놓고 간 그대를

　그래서 늙은 뱀같은 광산주가 음흉한 꾀로 우리를 속이려 할 때

　……[이런 저런] 불경기 핑계 대고 적은 임금을 또 내리려 할 때

　……[아무] 이유 조건도 없이 동무들을 쫓아내려 할 때 밤잠을 안 자고 가만 가만 우리들을 찾아다니면서

　우리들 가슴 속에 가지고 있는 불평과 ××[불 ×× [놈들]과 끝까지 싸우게 하는 그대를

　우리는 다만 한 광부 우리들의 좋은 동무로만 알았

더니라

　다만 침착하고 세상일 잘 알고 정다운 동무만으로
알았더니라

　다만 한 좋은 동무만으로 알았더니라

　그러다가 인제야 알았다

　그대를 ×[저]들의 손에 뺏기고 난 인제야

　그대를 다른 많은 용감한 동무들과 같이

　×××[감옥소]에 끌려 보내고 난 뒤 한 달된 인제
야 알았다

　그대도 우리의 가장 믿어할 지도자의 한 사람

　땅 밑을 파고 다니는 숨은 지도자

　조선의 ××[광부]의 한 사람인 줄을

그대

　－1945. 9. 6일에 각파를 결합한 그대는 역사적으
로 재출발되었다

　그것은 씩씩한 얼굴이었다
　그것은 찬란한
　아침 하늘의 태양이었다

　이제야 나왔구려 그대는
　대지를 울리는 해방가(解放歌)와 함께
　씩씩하게 나왔구려
　창공을 덮은 붉은 깃발 아래에

　공장에서 농촌에서 광(鑛) 속에서
　양털같이 부드럽게

우리를 가르치던 그대
강철같이 무섭게
우리를 명령하던 그대

제국주의를 가장 미워하며
제국주의가 가장 무서워하던 그대

오! 얼마나 오랫동안
그대들께 태양을 빼앗았느냐

제국주의의 독한 이빨은
땅 밑에서 땅 밑으로
괴로운 두더지 생활이 아니었던가

잠시라도 그렇지만 쉴 때가 있었느냐
제국주의와 모진 투쟁은
퍼붓는 눈보라 비바람 속에
백번 거꾸러지면
천번이나 일어난 그대

나왔구려 이제야 씩씩한 그 얼굴,
나왔구려 아침 하늘의 찬란한 태양같이

오! 얼마나 고대하였느냐
이 날이 오기를
얼마나 기다렸느냐
수많은 조선의 대중들은

험하고도 멀었다
그대의 걸어온 가시길
또다시 그러나 멀고 험하리라
앞에 놓여 있는 가시길도

자라나거라 그대야
씩씩하게 튼튼하게
우리들의 터전 위에서
붉은 깃발 아래서

(『해방일보』, 1945.11.15)

錦上添花[금상첨화]

소문이 이입저입으로 핵 벌어졌다
열 집이 될락말락한 동리에

호롱불 가물거리는 사랑방마다
한참동안 큰 이야기거리였다

이십년 긴 세월을 하루같이
학교 소사로 꾸준히 다니던

개천가 장서방이 말이지

오늘 넓다란 근속표창장을 받았다고

오늘 또 푼푼이 모은 돈으로

문전옥토(門前沃土) 서 마지길 흥정했다고

그야말로 금상첨화(錦上添花)가 아니냐고

急行列車[급행열차]

급행차가 지나가다
먼산이 울리도록 큰소리치며
유달리 높은 기세(氣勢)다

있는 양 없는 양
눈도 떠볼 새 없이

산골 속 작은 양철집 역(驛)은

차창서 내려다보며
웃는 눈 눈 눈들

유달리 초라하다
석양 햇빛에 기다랗게 놓인
늙은 역장의 그림자

기계

통이나 발채나 낡을대로 낡은 이것이 내가 부리는 기계다.

나는 날삯 팔십전을 받으려고 아침 일곱시 반에 벤또를 끼고 와서 판을 실고 잉크를 붓고 무릎 살죽바탕……에 기름을 부운 뒤에는 스톱을 재낀다.

그러면 기계는 2마력 동력의 힘을 빌려서 마치 잠자던 동물이 깨어나 뛰는 것처럼 털그럭 털그럭 돌아간다.

나와 금년 봄에 들어온 견습공 민(閔)의 두 우울한 얼굴. 종일토록 아무 말 한마디 없는 두 입, 마치 무슨 두 로보트와 같이, 그러나 가끔 가다가 "아리랑 아리랑 아리랑 고개를 넘어가자"를 작은 양철공장이 떠나가게 소리 맞추어 부르면서 털그럭 털그럭.

나는 종이 꼽기, 민(閔)은 박기 종일 마주서서 주고받고 하다가 오후 일곱시 먼지 찬 공장 안이 어두컴컴

한 때에 스톱을 재치면 낡은 기계는 마치 늙은 동물이 종일 뛰다가 휘떡 누워 쉬듯이 털그덕 그친다.

그래서 묵직하게 저린 두 다리 온 맥이 풀어진 몸둥이를 끌고 빈 벤또 통을 털렁거리면서 현저동 맨꼭대기 여편네가 끙끙 앓고 있는 토막방을 찾아가는 이 생활은 정말이지 참 지긋지긋한 생활이나, 그렇지만 이 크지도 않으나 또 그다지 작지도 않은 국판 8페지─20세기의 발단된 기계가 나와 견습공 민(閔)의 손으로 털그덕 돌아가고 털그덕 그치는 것을 가만히 보고 생각할 때에 나는 어쩐지 두 어깨가 으쓱 일어난다. 가슴속이 펄쩍 뛴다 모든 슬픈 기분이 모든 못생긴 마음이 다 사라진다

(『조선일보』, 1934.6.16)

나의 육체(肉體)

벗들이여!
내 팔목을 만져 봐다고
맥박이 마른 나무둥치같이
뻣뻣해있지 않은지?

내 가슴 위에 귀를 귀울여 봐다고
심장의 고동이 부서진 기계와 같이
쉬어 있지 않는지

내 두 눈을 보아다고
눈망울이 안개같이
부옇게 되어 있지 않은지?

내 이마를 만져 봐다고

피가 찬얼음같이
얼어붙어 있지 않은지?

내 코와 목구멍에 귀를 귀울여 봐다고
호흡의 소리가 무덤속같이
잠잠해 있지 않은지?

내 몸둥이에서 썩은 냄새가
무럭무럭 나지 않는지?
내 폐장(肺臟) 속에서 구더기가
버글버글 기어 나오지 않는지
나는 시일(時日)로 내 육체를
만져보고 살펴본다

오! 가만히 생각할 때에
몸소름이 끼친다
나는 내 팔다리를
버둥거리며 소리친다

(『조선문학』, 1939.6)

노들강

노들강은 흘러가다
어제도 오늘도
예도 지금도
흘러가다 말없이
노들강은 흘러가다
착취의 피를 싣고
삼천만서 빨아낸!
노들강은 흘러가다

(『건설』, 1945.11)

農民[농민]

명(命)과 복을 내려주시옵소서
푸른 하늘 누른 땅만 아는
저 착한 백성들께

용서해 주시옵소서
물리·화학·위생·철학도 모르는 그들을
땀내 구린내 지린내 암내 나는 그들을

오! 노래부르고 춤추며 잘 살지어다
황소보다 순하고 충실한 그들이여

눈

그대는 아는가?

말도 없이 소리도 없이
놀랠세라 깨울세라
초야의 색시처럼
눈이 내리는 이유를

정숙하고 성스러운
명상에 잠긴 이 땅을
행여나 시끄럽게 할까 하여

달

은쟁반 같은 둥근 달이

새까만 구름을 헤치고 나왔다

하얀 비단 보자기가 온 세계를 골고루 덮었다

곳곳마다 아름다운 은가루를 뿌려 주었다

잔잔하게 흘러가는 한강의 물결 위에도

말없이 우뚝 솟아있는 북악산(北岳山) 바위 위에도

맑은 피아노 곡조가 흘러나오는 양관(洋館)집 붉은
지붕 위에도

푸른 커-텐을 헤치고 밤늦게 연인 기다리는 처녀의
가슴에도

뾰죽하게 솟은 천주교당 집에도 고요한 묘지 위에도

소조(蕭條)한 화원 위에도 옛 성터에도

달이여! 나는 너를 사랑한다 참으로 사랑한다

그것은 네가 처녀같이 어여쁜 때문도 아니다

은쟁반 같이 탐스러운 때문도 아니다

너를 보며 울고 노래하는 철없고 행복스러운 시인도

아니다

나는 애인도 없다 추억도 탐미도 모른다

다만 너의 맑고 흰 빛이

아무런 교만(驕慢)도 없이 아유(阿諛)도 없이

또 아무런 에고이스틱한 인색(吝嗇)도 없이

온 세계를 골고루 골고루 덮어주는 때문이다.

대리석(大理石)

차라리 차디찬 조각이 되었으면

영원히 동결된
하-얀 대리석처럼

동경(憧憬)

바다같은 검은 장막
흰 안개 속에 나부낀다

눈부신 태양은 보기 싫고
푸르고 작은 별이 그리워

언제든지 신기한 곡조다
저편서 들리는 피리소리

불어라 힘차게 불어라
대공(大空)이 찢어지도록

그러나 나는 보노라 듣노라
발 밑에 영원히 흐르는 강물을

물새가 한 마리 두 마리
따라 흘러간다
영원히! 영원히!

동복(冬服)

아주머니 이것을 받아주시오
무명 솜옷 한 벌 이것이라도
이것은 우리 모인 동무들이
한 치 두 치 베 조각 모아서
정성껏 고이고이 만든 것입니다
벌써 눈보라가 훌훌 날리고
찬 서릿바람이 두 볼을 깎는 이때에
아직 홑 무명옷을 입고 있는 아드님을 위하여

책은—가히 밥보다 좋아하는—책은
때때로 우리가 보내드리니
그것일랑 걱정마시오
지난 주일에도 에스페란토 강좌 셋째 권을
우편으로 보내주었습니다

그리고 아주머니
얼마 안 되는 이것이라도 받으시어
양식 쌀을 팔아 자시오
이것은 우리가 드리는 것입니다
사랑하는 외아드님을 보내고 나서
차고 긴 겨울을 이 쓸쓸한 오막집에서
혼자 쓰라린 고생으로 지내시는 어머니

오래 못 보는 아들 때문에
한 숨 한번 쉬지 않는 어머니
내 아들이 참으로 잘난 줄을 아는
씩씩하고 훌륭한 어머니를 위하여

(『조선중앙일보』, 1933.10.22)

두 할머니

오늘도 두 할머니
홰나무 밑에 나와 앉았다.

청파 다섯 단 물크러진 홍시 일곱 개
아직도 남았다. 흙먼지 부——옇케

경학원(經學院) 긴 골목은 벌써 저물어
바쁘게 오고가는 사내들 색시들
뉘하나 돌보지도 않았다

오! 두 할머니에게 복이 있으옵소서

豆腐[두부]

부엌에 드나드는 아내의 얼굴
오늘은 유달리 혼자 좋았다.
빙글빙글 오래간만에

오늘 아침 노나오던 두부채
그중에서 조금 제일 크더란다

뒷산

거꾸로 박힌 심장형

누런 밤나무 잎이
시냇물 덮어 흐르는

뻐꾹새 우는소리
여기저기 들리는

내 고향의 뒷산
나는 온 하루 밤을 자지 못했다
그 산 이름을 생각해 내려고
깜박 잊어버린 그 이름을

등불의 환상

바다같이 깊은 숲 속이었다
뭉게뭉게 기어나오는
2열 종대의 표범 떼

나를 무섭게 노려보다
둥글둥글한 표범의 눈들

검은 내 얼굴은 아는 척 모른 척
노려보다 표범의 눈 눈 눈

오! 여름밤의 긴 거리
붉은 등불의 환상이여

훨쩍 핀 붉은 장미화

한 송이 두 송이 흘러가다

푸른 바다 물결따라
말없이 흘러가다

낭만을 가득 실은 장미꽃
송이송이 빙그레 웃다

오! 여름밤 긴 거리
붉은 등불의 환상이여

마술

커다란 아가리에 들어갔다 나온
울긋불긋한 시 원고
퍼런 하늘로 날아가 버린다
한 장 두 장 노랑새가 되어

상징시, 모더니즘시, 이미지즘시, 서정시, 서사시, 연
애시……

퍼드덕 한번 치는 날개
흰 구름 속으로 휙 날렸다
가물가물 작아지는 그림자
하늘 저편에 사라져 버린다

머리를 땅까지 숙일 때까지

졌다 기어만 지고 말았다
기어만 지고 말았다
금번 지면 두 번째
두 번째나 기어만 지고 말았다

하기야 작년 금년 두 번이 모두 다
그 ××[고발]자와 마찬가지로 죄 많고 미운
타락간부(墮落幹部)
배반자(背反者)
우리 ××[싸움]을 타협으로 팔아먹은 그놈들
그놈들 때문에 져기야 졌지마는
그렇지만 그놈들은 믿어 일을 맡기고
그런 놈들을 진작 안 쫓고 둔 것은
우리의 책임이다 우리의 허물이다

졌다 기어만 지고 말았다
두 번째나 지고 말았다
그렇지만 우리는 지고 난 ××[싸움]을 공연히 분하
다고만 하지 말고
다시 일어날 준비나 하자

타락간부
배반자
그놈들을 모조리 몰아내 버리고 쫓아내 버리고
이놈의 ××[간부]에나 이기도록 하자
그래서 열 번을 지면 열 번을
백 번을 지면 백 번을
일어나고 일어나서
이길 때까지 싸워보자
×××[저들이] 머리를 땅까지 숙일 때까지

명일(明日)

　명일이 만일 없다면!

　그런 말은 가정해서라도 상상해서라도 행여나 입밖
에 내지를 말어라.

　그것은 말만이라도 내 몸뚱이를 절망의 바다에 던져
버리는 소름끼치는 말이다.

　만일이라도 만일이라도 말이다.

　명일이 만일 없다면

　나는 이 자리에서 어린애처럼 통곡(慟哭)할 게다

　땅을 두드리며 발버둥치며.

　오! 무섭다. 참으로 싫다. 가정이라도 상상이라도 그
가정은 그 상상은.

　명일이 만일 없다면

나는 이 쓴 웅담을 당과처럼 달게 꺽꺽 씹고 있지
않을 게다.

명일이 만일 없다면
나는 눈 덮인 이 얼음 길을 부드러운 융전(絨氈) 위
처럼
발가벗은 맨발로 터벅터벅 걷지 않을게.

명일이 만일 없다면
이 썩어가는 두 폐조각을 그냥 그대로 물끄러미 보
고만 있을 게다.
산소(酸素)를, 칼슘을, 비타민을 주려고 애쓰지도 않고

명일이 만일 없다면

나는 푸른 등불 밑 커다란 파초 옆에서 인형같은 그 여자와 함께

마음껏 한껏 알콜병을 빼고 춤을 추며 노래할 게다.

발바닥이 아프도록 숨이 차고 눈물이 나도록.

누구를 꺼려서 누구를 위해서 그렇게 못하겠니?

명일이 만일 없다면

나는 저 한없이 높고 깜깜한 창공을 대담하게 바라보지 못할 게다.

그러나 저 지금 수억 만개의 진주같은 별들은

나를 내려다보고 모두 생긋생긋 웃지 않나

그리고 나를 향해 분명히 속삭어린다.

"명일이 있다"고 "명일이 온다"고

오! 창공이여 대지여!

명일이 있다 멀지 않아 명일이 온다. 환희(歡喜)의
명일이

그래서 우리는 차고 캄캄한 이 밤을 극히 사랑한다

밝고 따뜻한 낮과 같이

그래서 진주알처럼 작은 이 별들을 한없이 사랑한다

커-다란 태양같이

명일이 있다

그래서 나는 한껏 웃고 한껏 울련다.

몇 배나 향기롭다

—반민주주의 지도자들에게

그대들의 풍선같은 배속에

무엇을 채우려하던

흰쌀밥이건

누런 된장이건

청계천에 시꺼멓게 흘러가는 개숫물이건

쓰레기통 속 썩은 생선 뼈다귀이건

구린내 나는 정권욕이건

비린내 나는 독재욕이건

우리는 아무런 관계도 안 하리라

그저 잠자코 있으리라

만약 그 정권욕 그 독재욕을 위해

삼천리나 되는 우리 강토를

싼값으로 팔아먹으려고만 안 하면야

죄없는 삼천만 민중을

무서운 구렁 속에 밀어 넣지만 안 하면야

만인이 두 손을 들고 부축하여야만

만인이 목을 빼고 기다리는

우리 정부 세우는데 돌던지지만 안 하면야

또 그래서 우리 땅을 영원히

두 조각 내려는 음모만 안 하면야

친일파 특권계급 손바닥 위에서

히틀러 동조(東條)의 후계자 되려고만 안 하면야

아! 그 풍선같은 배를 채우려고

그러지 말아라 그만 헤맬지어라

주 – 린 이리처럼 미친 개처럼

미아리 고개 밑 커다란 탱크에

경안(景安) 시민의 배설물이 차 있으니

그대들의 정권욕 독재욕보다

몇 배나 깨끗하고 몇 배나 향기로운

　　　　　　　　　　　—5월 20일 병석에서

　　　　　　　　(『한성일보』, 1946.5.22)

牧歌[목가]

기러기 소리같이 유난히 맑다

어두운 산길을 내려오며
나무꾼의 혼자 부르는 노래

화답하는 사람 그림자도 없고
소리만 저 혼자 건너 산을 울리다

바다같이 고요한
황혼의 산속이여!

묵내이(木乃伊)

동사(銅絲)처럼 굳은 혈관
달빛같이 식은 정열
빙주(氷柱)처럼 얼어붙은 심장

오! 아름다운
황랍(黃臘)같은 미 – 라여

목욕탕

유방도 볼기도
신 앞에 애인한테 숨기는 것도
모조리 보이도록
발가벗은 알몸둥이

여기는 가면과 장식이
거짓과 시의가 없는 세계다

장미가 덮은 환영의 강물이
아름답게 흘러간다

수정보다도 깨끗하고 아름다운 세계다

무제(無題)

덜렁거려도 덜렁거려도
강물같이 흘러가고 싶어

꼼짝도 달싹도 않어도
별처럼 반짝이고 싶어

차라리 커-다란 낙하산(落下傘)을 짊어지고
끝없는 푸른 대공(大空)을
거꾸로 거꾸로
올라가고 싶어

미소

머리 위 바구니엔
구공탄(九孔炭) 일곱 개
손에는 얼간조기 세 마리

붉은 석양 햇빛을 등에 이고
빙글빙글 언덕 위로 올라가는 여인

박쥐

황금같이 반짝이는 태양이 보기 싫어
금강산같은 아름다운 산이 보기 싫어

비단같은 바다
푸른 풀
붉은 꽃이 보기 싫어

정열에 불타는 처녀의
장미같은 두 볼도 보기 싫어

오! 도깨비 없는 밝은 세계가
미웁고 보기 싫어
나는 영원히 헤매노라
캄캄한 절벽 위에서

번식(繁殖)할 줄 아느냐

누구냐 이름을 말하라 손을 들어라
영광스러운 새 반역자들아

왜놈들이 40년 동안 우리를 묶었던
그 무거운 쇠사슬로
같은 겨레가 다시 묶으려느냐
같은 겨레가 같은 겨레를 말이다
우습고 한숨도 나올 곳이 없구나

야성적인 세 반역자들이
같은 겨레를 모질게도 박해하누나
아니꼬운 정권욕을 위하여
구역나는 지배욕을 위하여
죄없는 삼천만 민중의 목이라도

제단 위에 바치란 말이야
그들의 영화를 야욕을 위하여

오! 무서운 음모! 모략! 폭력!
금수강산을 자랑턴 꽃동산에
이렇게도 엉키었느냐 가시덤불이
양떼같이 선량한 겨레 속에
어인 일이냐 소란스러운 야수 떼는

어느덧 쉬고 막히려 하누나
엊그제 해방가 높이 부르던 목구멍이

마음대로 번식할 줄 아느냐 파쇼의 이리새끼를
평화의 꽃 피려는 이 동산에

몇 배가 큰 발톱 몇 배나 긴 이빨
사나운 어미 이리들도
민주주의의 억센 발길 밑에
보기 좋게 거꾸러졌거든

—병석에서

(『현대일보』, 1946.6.4)

벼락

딱다그르 딱다그르── 흰 칼날이 여기저기 번쩍 번쩍 수많은 모가지들이 곧 날러갈 것 같다. 나는 본능적으로 어머니의 품 안에 와락 뛰어 안겼다. 어머니는 부드러운 웃음으로 내 머리를 쓰다듬으면서,

애기 애기 착한 애기

하느님두 아신단다

우리 애기 착한 줄은

벼락이란 건 노하신 상제께서 인간 중에 죄지은 자를 불 칼로 벌주시는 것이란다. 우리 애기 착한 애기 무엇이 걱정되고 무엇이 두렵겠니?

나는 문득 털끝까지 벌벌 떨리었다. 도수장(屠獸場)에 섰는 어린 양처럼 뜨거운 눈물이 어머니의 하─얀 모시 치마 위에 뚝뚝 떨어졌다.

나는 아까 바로 아까 세살 먹은 누이동생의 오른손

안에 넣고 자는 비스켓 한 개를 몰래 뺏어 먹은 죄가 생각난 때문이다. 눈앞이 지옥같이 캄캄하였다. 죄를 면할 수는 없을 것 같았다. 나는 공포와 애원이 가득 찬 두 눈을 쳐들었다.

그러나 어머니는 그냥 따뜻한 웃음을 웃으면서,

애기 애기 착한 애기

하느님도 아신단다

우리 애기 착한 줄은

만일 벼락이란 게 어머니의 말씀대로 죄지은 자를 모조리 가차없이 때린다면— 언제나 여름철 우레가 울고 번개가 번쩍일 때마다 나는 이렇게 공상을 해보았다.

이 인간세계는 어떻게 될까.

어쨌든 이 지구가 수정같은 투명체가 되고 거리는

아스팔트 대신으로 다알리아와 채송화가 차있을 것을 상상한다. 그러나 또 공포, 애원이 찬 수많은 동물들의 비극적 광경을 상상 아니할 수 없다.

별과 귀뚜라미

별은 왜 영원히
잠자코 있을까
어젯밤도 오늘밤도

귀뚜라민 왜 밤새도록
시끄럽게 지껄일까
어젯밤도 오늘밤도

시끄러운 귀뚜라미 소리
별은 영원히 못들은 척

푸른 별의 얼굴
귀뚜라민 영원히 못보는 척

그러구러 검은밤은
바다같이 깊어가다

별의 심장

별은 창백한 그의 얼굴과 마찬가지로 약하디 약한 심장의 소유자였다. 조그마한 흥분과 자극도 그에겐 고맙지 않은 금물이었다. 그는 붉은 장미화나 나는 갈매기나 모든 존재의 형상(形象)과 그 활동 상태를 그의 시각적 세계에서 준열히 거부한다.

그것은 모두 그의 은색(銀色) 심장의 건강에 언짢은 영향만 주는 때문이다.

그는 모든 존재의 형상과 활동 상태가 그의 시각에서 엄숙하게 거부되는 유원망망(悠遠茫茫)한 암흑세계 속에서만 혼자 냉소하고 혼자 회한(悔恨)할뿐이다.

그리함으로써 그의 심장의 건강은 은사(銀絲)처럼 유지해 나갔다. 그러나 그리함으로써 그의 심장은 더욱 약하디 약해지고 그의 얼굴은 갈수록 더 창백해진다. 말하자면 일종의 독선주의자이다.

병상단상(病牀斷想)

오색영롱한 수정궁(水晶宮)이
풍선같이 커진다
겨드랑 밑에 올라가는 수은주 따라

풍선은 또
아침 안개처럼 사라진다
하-얀 수은주가 붉은 줄 아래 내릴 때

수정의 대용인 얼음 기둥은
뜨거운 태양아래 녹아버린다

머리 위에 새빨간 달리아
훨쩍 피었다 또 떨어졌다

구름같은 달리아다
노랑나비여 마음대로 날어라

나는 푸른 별을 찾아서
흰 안개 속을 헤매나 볼까?

보리

산골에서 흘러오는 시냇물 소리가

유달리 맑게 또 크게 들리고

바위틈에 남은 눈도 흔적없이 다 녹아버리니

겨울동안 눈에 덮혔던 보리 이삭도

이제는 눈 이불(衾[금]) 활짝 차버리고 푸른 머리를

들었다.

온 들은 시퍼런 줄(縞[호]) 무늬(紋[문])가 박힌

여러 조각 비단 폭이다

금년 보리는 오래간만에 필만치 되었다

지난겨울 하늘이 맑은 덕택으로

그리고 한 마지기에 2원어치나 소금 비료 거름을 한

탓인지

땅 정기를 한껏 마음대로 빨아 당겨서

보리싹이 송곳같이 꼿꼿하고 쪽(藍[람])같이 검푸르다
날씨만이 앞으로 잘해주기만 하면
금년은 몇 해만에 처음 보리 흉년은 면하련만
나는 대로 우리 입에 들어가는 것은 이것뿐이니
아무쪼록 하늘서 잘 보살펴주었으며

아! 몇 해로 여름 가을철마다
보리 양식 때문에 지긋지긋하게 해매었더니

수복(壽福)아 고무래를 자주자주 들어서
이쪽저쪽 힘껏 쳐라
그래서 흙 기름이 골고루 한껏 보리를 덮게
아직도 한 배미가 잔뜩 남아 있는데
해는 벌써 먹골 뒷산에 걸리려 한다

오늘은 이 논보리를 다 덮어주고
내일은 소징개들 밭보리에 똥오줌을 주어야겠다
거름은 아무래도 똥오줌이 제일이니라
보리한테 갈비찜, 곰국 이상이다

그리고 여보! 어린애 어머니는
고무래질 그만두고 집으로 가서
어린애 젖먹이고 저녁밥이 지으라니까
어린것도 점두룩 굶어서 배고프겠지만
해산(解産) 때도 아직 못 벗은 당신이
종일 숨을 헐떡이며 고무래질하느라고
얼마나 몸이 괴롭고 고단하겠소

(『조선문학』, 1939.4)

봄

　봄은 과연 옛날과 다름없이 청의(靑衣)를 입고 동쪽에서 수레를 타고 왔습니다. 그러나 물론 옛날과 같이 커다란 도포(道袍)에 행전을 치고 손엔 백우선(白羽扇)을 든 것은 아니었습니다. 뒷허리에 파초 잎를 부친듯한 산뜻한 연미복(燕尾服)에 번질거리는 실크해트를 쓰고 하-얀 장갑을 낀 한 손에는 스틱을 들으며 한 손에는 망원경을 들었습니다. 또 그의 탄 수레 역시 앞뒤로 메는 남여(藍輿)같은 것이 아니고 전(全) 경금속제(輕金屬製)인 차체의 양편에는 잠자리 같은 단엽(單葉) 은색 날개, 그 밑에는 튼튼한 고무타이어가 달렸으며 앞에는 공육해(空陸海) 어디든지 다닐 수 있게 한 전기기관이 장치되어 있습니다.

　그러나 저러나 봄은 아무런 예고도 없이 왔습니다. 나팔 소리도 군악 소리도 들리지 않았습니다. 그도 그

럴 수밖에 없는 그는 원래 어떠한 계획과 목적을 가지고 온 것도 아니오. 누구의 명령을 받아서 온것도 더구나 아니었습니다. 또 봄 자신은 본시부터 일력(日曆)도 사용하지 않으니까요. 다만 그는 광막한 대공(大空)에서 무한한 대도(大道)를 탄 수레가 가는대로 올 따름입니다.

뿐만 아니라 봄 자신은 이 땅에 와서 그저 의례(依例)히 올 시간 올 장소에 왔다는 태도로 그의 심경과 표정은 극히 평범하였습니다. 다만 명랑하고 태연할 따름이었습니다.

그러나 이 땅에 봄을 맞는 이들은 오랫동안 봄을 고대하던 차일 뿐아니라 또 고대는 하면서 마중의 차림은 충분치 못한 그들은 기쁨을 못이기는 한편 극히 당황하여 여기저기서 수선거리며 속살거리어 야단이었습니다.

그 중에도 종달새와 제비가 가장 열정적이고 가장 초조하였습니다. 겨울동안 응달진 산골 썩은 나뭇잎 속에서 올올 떨고 있다가 기다리던 봄이 오매 그는 하루바삐 금가루가 반짝이는 따뜻한 태양 밑 바다같이 푸른 대공에서 마음껏 날아보려고 어수선한 날개의 깃을 허둥지둥 빗질하고 웅크렸던 팔다리에 힘을 주려고 정말체조(丁抹體操)를 하랴 노래 부를 성대를 다듬느라고 발성연습을 하랴 야단이었습니다. 그는 벌써 화려한 봄 하늘에 마음껏 노래부를 유쾌한 그날을 생각하고 미리 가슴이 우던거리며 어깨가 들썩거렸습니다.

또 제비는 가을한테 쫓겨 오랫동안 바다 저편에서 유랑생활을 하다가 봄 왔다는 소식을 들으매 하루바삐 정다운 고향을 찾으려고 갖은 힘을 다하여 날개를 지어가며 주야겸행(晝夜兼行)으로 바다를 건너오느라고 야단이었습니다.

봄은 일미평방(一米平方)도 안되는 내 낡은 책상 위에서 빼지 않고 왔습니다.

오랫동안 호박(琥珀)처럼 얼어붙어 새까만 내 책상 위에서 데굴데굴 구르던 내 시도 봄을 맞이하여 한 덩이 두 덩이 녹기를 시작하였습니다 봄의 혜택을 흡족히 받았습니다 그래서 그것은 얼마 안 지내 종달새와 함께 따뜻한 봄의 대공(大空)에서 재잘거릴 것입니다.

비오는 봄밤

동무야
여기도 지금
봄밤이 깊었다
높은 창 밖에는
궂은 비 오는 소리가 투둑투둑 들린다
이런 때엔 어쩐지 센티멘탈하게 되는구나

나는 지금 멀둥멀둥한 눈으로
높다란 천장에 작은 말뚝 같이 붙어있는
희미한 전등불을 쳐다보면서
그리고 투덕투덕하는 봄비소리를 들으면서
모든 지나● 옛일을 생각하고 있다

언젠가 내가 시외 ××동에 있을 때에

삼월인지 사월인지 그 어느날 밤

지금과 같이 굵은 봄비 방울이

들창밖에 양철작을 투당투당 뚜드리는데 비둘기 통만한 적은 토막방에

너－나－남숙이 그리고 다른 동무 다섯이

신문지에 싼 마마콩을 가운데 놓고 앉아서

열에 타는 젊은 눈들을 서로 마주 반짝이면서

막코 연기를 뭉게뭉게 품으면서

짜른 봄밤이 깊어 질대로 깊어진 줄도 모르고

이 일 저 일을 의논하던 그날 밤이 생각난다

그러다 나하고 홍(洪)하고 크지도 않은 의견이 맞지 않아

둘이다 저도 모르게 낯빛이 붉어지고

조심스럽게 하던 말소리가 커질 때에
네가 웃으면서 양쪽 손으로
두 사람 입을 막던 그날밤 일이 생각난다

그래서 이웃집 벽시계가 열두시 치는 소리를 듣고도
한참 지나서
일곱 동무가
소리없이 가만가만 헤어질 때에
다 낡아빠진 우산 한 개를
남숙이와 조(趙)가 같이 받치고 줄나란히 가는 것을
헌 망토를 머리 위까지 둘러쓰고 가는 네가
뒤에서 농으로 놀려주던 그날밤 일이
오늘밤 유달리도 센티멘탈하게 생각난다

(『문학창조』, 1934.6)

뻐꾹새

어제도
오늘도
거년(去年)도
금년도
열정이 담뿍 어린 곡조

화답해 주는 이는 그러나 아무도 없다
박수는 누가 바래긴 하였더냐

내 목구멍은 벌써
마르고 쉬었다

이제 식은 사랑처럼 싫증이 난다
깊은 골 우거진 숲이

그리워 비단같은 남녘 바다이
무거운 안개마저 흩어져 버렸다
나도 오늘부터 회색 꿈을 깨야겠다

사자같은 양

그것은 무서운 법이었다
그것은 무서운 사자였다
성난 양은
순하디 순하던 양은

놈들의 모진 회초리!
야수같은 착취!
자비없는 압박!
불같이 성내고 뛰었다
고단한 눈감았던 양은

무섭게 흔들렸다 삼천리 강산은
우렁차게 울렸다 삼천리 강산은
고요한 노들 강물이 끓었다

그리고 피비린내가 흘렀다
아름다운 삼천리 강산엔
푸른 노들 강은 붉게 흘렀다
놈들의 모진 총칼로!
잔인한 학살로!

오! 놈들은 그러나 벌벌 떨었다
순하디 순한 양 앞에
성난 양 두 눈을 뜬 양 앞에
그제야 놈들은 알았다.
영원히 죽은 양이 아닌 것을
고단한 눈은 감았으나
피가 끓고 있는 양인 것을

3월 1일—1919년!
이날이 그날이었다
36년 동안 우리가 단 한번 살아본 그날
놈들이 가장 무서워하던 그날
3월 1일—영원히 잊지 못할 그날

오! 인제야 왔느냐
그날을 마음껏 노래 할 오늘이
무거운 쇠굴레를 벗은
피비린내를 훨훨 씻어버린 양
평화를 사랑하고
민주주의를 사랑하는 양
그날을 처음으로 마음껏 노래하자

3월 1일! 3월 1일!

(『3·1 기념시집』, 1946.2.28)

산과 구름

구름이 산을 내려다보고 말하기를
산이여! 둔중(鈍重)한 산이여! 철석같이 공고(鞏固)
한 그대의 의지
꿋꿋한 침착성(沈着性)을 나는 존경한다

그대는 그러나 한 매너리스트
이끼 끼인 회고주의자
역사를 모르는 완고당(頑固黨)!

나는 싫어한다 산의 영원한 우울을
영원한 침묵을!
산이여 좀더 적극적이거라 좀더 명랑하여라!

산이 구름을 쳐다보고 말하기를

그대의 민활(敏活), 영리한 활동을
동에 번쩍 서에 번쩍하는
그 지혜 그 정력을 나는 선망한다

나는 그러나 경멸한다
바람에 따라가고 바람에 따라오는
양키 같은 그 경박을

흩어졌다 모였다 희어졌다 검어졌다 하는
양키 같은 그 부화(浮華)를!

구름은 결국 앵글로색슨 같은 이기주의자
천상의 기회주의자!
날아다니는 모더니스트!

산의 표정

인자(仁者)는 요산(樂山)한다는 고현(古賢)을 본뜨는 것도 아니지만 나는 인자도 아니면서 산을 유달리 좋아한다. 아무런 이유도 없이 마치 색시들이 장미꽃 좋아하는 것처럼. 그래서 나는 지금 푸르고 높은 산기슭에 혼자 앉아 물끄러미 쳐다보고 있다.

산은 웅대한 놋부처처럼 영원한 묵상을 하고 있다
부ー연 안개가 뭉게뭉게 에워싸다
그러나 꼼짝도 않는다
뻐꾹새가 여기저기 부르짖는다
그러나 달싹도 않는다
시냇물이 시끄럽게 속삭인다
그러나 들은 척 만 척도 않는다.

산은 나를 뚫어지게 응시한다
산은 자애스럽게 빙그레 웃는다.
산은 무서운 눈을 부릅뜬다
경건한 산의 표정이었다

산아! 나는 힘껏 외쳐 불렀다
산은 그러나 꼼짝달싹도 않는다
영원한 묵상이었다
산의 표정은 얼음처럼 차다 그러나 장미같이 정다웁
다 비둘기처럼 따뜻하다
나는 라마교도(喇嘛教徒)처럼 공손히 예배하였다.

삽십 분 간

활동사진 광고진가
어떤 놈이 언제 이런 데다 끼워두었어?
아-니 광고지는 아닌 게야
그는 너댓 동무가 머리를 맞대고 있는 창고 뒤로 가서
포켓 속에 꾸겨넣은 그것을 내여 보았다
....
....
....
....

순 언문으로 굵직굵직 박힌 글을
가만가만 다 읽어보았다
히-ㅁ
히-ㅁ
히-ㅁ

그것을 끝까지 다 읽기도 전에
어쩐지 가슴속이 찌르릇 하였다
그것 차 - ㅁ
그것 차 - ㅁ
그는 다시 한 번 위아래를
한자도 안 빼고 읽어보았다

이런 게다 이런 게다
참 이런 게로군 이런 걸
세상에 못난 놈은 우리고 어리석은 놈은 우리구나
에잇 참 우리가 이렇게 어리석나?
그렇지만 대관절 이걸 누가 썼을까
이 안에 있는 놈일까
이 안에도 이렇게 지식있고 잘 아는 놈이 있을까?

아-니 뉘가 썼는지 그건 알어 뭣해
우리가 뉘한테 어떻게 속한 것만
우리는 어떻게 해야 된다는 것만 알면 그만이지
이런 게다 이런 게다
참 이런 게로군 이런 걸!
가슴속에 펄떡펄떡 뛰었다
마치 사랑하는 처녀의 편지를 받아본 것처럼
얼굴 위까지 화끈화끈 하였다

응 이런 걸 참
우리가 이때껏 모른 것도 아니건만
인제야 똑똑히 알았다
똑똑히 알고야 그냥 있을 수 있나
그는 훨씬 굵게 쓰인 끝으로 석 줄을

또다시 한번 읽어보았다 또 한번을!

………………………

……………………………………………………

……………………………………………………

……………………………………………

나도! 나도다!

나는 못할게 무엇있나 안 할게 뭐 있나

내 한 몸 하고 안한게 ××[싸움]을 이리저리야 않

지마는

한 놈 그것이 뭉쳐서×[되]고 풀어저×[지]는 것 아

닌가

나도! 나도다!

하면 되는 것 아니냐 안될 것 뭐 있나

아무 것도 가진 것 없는 검은 손 이놈이라도 꿈적이

고 안 꿈적인 것 이놈의
　자유 아니냐
　그의 가슴은 화끈화끈 타올랐다 그리고 결심과 만족
이 빈틈없이 찼다

(『제일선』, 1932.9)

夕陽[석양]

남빛 저녁 연기
바닷물처럼 흐르다

감나무 선 작은 산마을
남양(南洋)의 산호도(珊瑚島)처럼 고요하다

물긷는 촌색시의 머리 위 항아리
독목주(獨木舟)처럼 떠나오다

석탄

내 심장은
새까만 석탄 덩어리
내 혈액을 봐도 알 것이다

새까만 석탄!
그렇지만 불에 탈 때엔
새빨개지는 석탄

설경(雪景)

아름다운 평등(平等)을 보려거든
이 설경을 보라

아름다운 차별(差別)을 보려거든
이 설경을 보라

歲暮[세모]

이 거리에도 출렁출렁
사람의 흰 물결

저 거리에도 쏼쏼
사람의 흰 물결

거리마다 밀려 나오는 흰 물결
'시간'의 바람이 그렇게 센가

꿈에 본'노아'의 홍수를
나는 연상하였다.

내 방주(方舟)의 키를 잘 잡아야겠다.

소년공의 노래

우리는 나 어린 소년공이다

뼈와 심줄이 아즉도
봄바람에 자라난 풀대처럼
연하고 부드러운 나 어린 소년
부자집 자식같으면
따뜻한 해빛이 덮여있는 풀밭우에서
단과자 씹어가며 뛰고놀 나 어린 소년

부자집 자식같으면
공기좋은 솔숲속 높은 집안에서
글 배우고 노래부를 나 어린 소년이다

그러나 우리는 지금

해빛없고 검은 먼지찬 제철공장안
무겁고 큰 기계앞에서

짜운 땀을 흘리는 소년공이다
일은 아침부터 느진저녁까지
기계를 돌리고 마치를 뚜다려도
…은 주인령감의…
모… 어른의 압…로
부드러운 …에 푸른 ×피만 남기는것밖에
아무것도 얻어간것 없는 소년공이다

그렇지만 우리는 잘 안다
우리와 같이 일하든 많은 아저씨들이

...

×를 하고 죽도록 싸우다가
경찰서에 묶여서 잡혀간것을
우리는 잘 보았다 우리는 잘 안다

동무들아 나 어린 소년공동무들아
××아프다고 울기만 하지 말고
×하다고 ××만 하지 말고
우리도 얼른 힘차게 억세게 자라나서

용감한 그 아저씨들과 같이
수백만 우리처럼 가난한 사람들
마른 ×를 ×한터들 ×니기만 하는 동무들
이리 가나 저리 가나 ×음× …들을 위해서

싸우자 응 싸우자!

(『카프시인집』, 1926)

쇠사슬

한껏 마시자 동무야
피같은 붉은 이 술을
마음껏 노래하자 동무야
높은 하늘이 울리도록

이 날에 기쁜 이 날에
삼십육년 동안 얽매고 감았던
히노마루의 모진 쇠사슬
썩은 새끼처럼 끊어진 이 날에
마디마디 산산히

그리구 춤추자
얼시구
절시구

동무야 그렇지만
취하진 않으라
오늘밤 이 술엔

한잔은 남기자
내일을 위하여
한곡존 남기자
내일을 위하여
또 한가닥 아직도 남은
토착의 쇠사슬을
마저 끊어버릴 그날을 위하여
썩은 새끼처럼 산산히 마디마디

오늘엔 취하지 말어라

내일에 한껏 취하련다

(『횃불』, 1946.4)

時計[시계]

찬 빗방울이 탁탁 때린다
등불이 깜박깜박

품속에서 나온 니켈 시계
내 체온같이 따뜻하구나

손 바닥 위서 혼자 가거라
등불 밑에서 혼자 가거라

마지막 버스도 사라졌건만
기다리는 별은 뵈지않네

가련다 검은밤을 따라서
비젖은 내 니켈 시계와 함께

心自閑[심자한]

깻잎냄새 벼꽃냄새
클풀냄새 구수하게
좁은 골에 차다

건넛산에 끼럭끼럭
장끼 우는 소리
이편 산을 울리다

구름 그림자를 쫓아
언덕길로 따라가는 그대
두멧재미가 어떠한가 대관절

긴 휘파람만 먼산보고 불었다
혼자 빙그레 웃으며

深海魚[심해어]

높고 푸른 하늘 쳐다보니
우리는 다 한 마리의 심해어(深海魚)

구루마꾼도 생선 장수도 색시도 할머니도
느새(驢[여])도 고양이도 도마뱀도 복덕방
노인도

해조(海藻) 같은 포플러 숲을 헤치고

오르고 또 오르면
반짝이는 흰 별 사이로

머리 위에 둥둥 뜰께다
산호해(珊瑚海)의 군도(群島) 같은
푸른 섬 그림자들이

아버지 김첨지 어서갑시다!
쇠돌아 간난아 어서가자!

아버지 자— 일어나 갑시다
헤어진 망토나마 이것을 둘러쓰고
어서 갑시다 우리들의 연설회장에로!
오늘밤이야 말고 바람이 차고 눈이 뿌려서
늙으신 아버지가 어두운 길로
가시기도 곤란하겠소마는

간난이 누이야 너도 어서 가자!
행주치마를 벗어버리고
하루 종일 베틀 위에 앉았노라고
구부러진 고단해진 몸을
일으켜 어서 가자!

쇠돌아 딸막아 너희도 가자!
너희도 이 종이 조각을 봤지?
순 언문으로 똑똑히 쓰인 이 글을 봤지?
그리고 거리 길 담벽마다 붙은
그림 그리고 글쓰인 커-다란 종이 조각을 보았겠지?

오늘밤은 우리들의 연설회이다
△△농장 소××[작농]의 연설회이다
오백여명 우리 소××[작농]들의 이익을 위해

마음껏 부르짖을 힘껏 부르짖을
우리들의 연설회이다
모진 △△농××[장주]의 모든 ××[비리]을
있는 대로 남기지 않고

대중 앞에 낱낱이 헤아릴
우리들의 연설회이다

허서방 자네도 가세!
참 자네는 조합원이니 말할 것도 없고

김첨지 당신도 갑시다
당신은 아직 조합원이 못됐지요?
그렇지만 환영이오
누구든지 소작하고 사는 사람 ……가난한 농군은
다 같이 갑시다
봉숙(鳳叔)이! 자네도 물론 한마디 할테지
나도 물론 한번 하련다
말이야 서툴고 입이야 둔하고 아는 것도 없지마는

그것이 상관있나 무슨 상관있어!
×[힘]으로 열로 ×으로 하는 것이니

자— 모두들 어서 가자
소작하는 사람—가난한 농민은 다 같이 가자!
깍지를 끼고 주×[먹]을 ×[쥐]고
……[소작농] 연설회로!

(『문학건설』, 1932.12)

아침의 출발

아침이다!
무겁고 부-현 안개의 막을 뚫고
태양의 누런 금가루가 구름처럼 반짝인다
고요한 어두움 속에 곤하게 자던 도회
어느덧 힘찬 기지개를 부드득 켠다

아름다운 아침 소음의 멜로디!
―늙은 두부 장수의 외치는 소리
―털그덕 털그덕 구루마의 굴러가는 소리
―더르르 더르르 아세틸렌 자동차의 달아가는 소리

이것은 마치 농촌의 참새 소리와 같은
도회 아침의 힘찬 규호(叫號)다

하루 밤 동안 쉬고 난 나의 억센 팔도
뜨거운 피가 다시 물결처럼 뛴다

자! 출발이다!
낡은 캡을 귀밑까지 눌러쓰고
김치, 깍두기에 누른 잡곡밥을 눌러 담은
알루미늄 벤또를 옆구리에 차고
이것은 오전 9시부터 오후 7시까지의
오늘 하루 전장에 필요한 군량이다

내 손엔 금장식한 굵은 단장도 없다
커다란 악어가죽 손가방도
그리고 수달피 털붙인 푹신한 외투도

그러나 내 코와 입으로 드나드는 굵은 호흡은
몇 배나 억세고 힘차지 않나?
명주실 같이 가느다란 그들의 소리보다

나의 검고 붉은 얼굴은
태양과 같은 희망이 차있지 않나?
우울을 담뿍 쓰고 있는 그들의 하-얀 얼굴보다

멀리서 뚜-하는 아침 신호
힘차게 흔들린다 호수같은 하늘이

나는 두 주먹 불끈 쥐고 바삐 걸었다
대지를 터벅터벅 울리면서
태양과 빙글빙글 웃으면서

악마의 철학

- 우리는 조수물처럼 시시로 우리 앞에 부닥쳐올 여러가지
뜻하지 못하는 고난, 박해에 대하여 각오와 준비가 있어야 한다 -

대륙의 동편 끝 한구석에
조그맣게 수줍은듯 끼여 있는 이 땅에는
평평한 뒤꼭지 순순한 눈동자
흰 옷만 좋아하는 이 겨레엔
아직 어떠한 철학도 없었다
소크라테스의 철학도
마호메트의 철학도
니체의 철학도

그러나 뜻밖이었다
기막힌 뜻밖이었다
이 땅에도 철학이 생겼단다
건설의 노래 평화의 노래 민주주의의 노래

모처럼 높아지는 이 땅에
무서운 철학이 생겼단다
피의 철학!
비수의 철학!
허구의 철학!
의사당에 불붙혀 놓고
혼자 깔깔 웃는 히틀러
악마의 철학이!

오! 우리는 각오하여야겠다
각오하여야겠다 우리는

(『문학』 2호, 1946)

어머니

오년만에 서울 오신 어머니
검은 머리는 다 희여 버렸건만
옛 말버릇은 그냥 가지고 계시다

말끝마다 붙은 한가지 말버릇
'조심해라잇'

어머니의 꿈

어머니의 물고 누운 장죽 끝에
타오르는 잡초의 향불

은실 같은 향불 끝에
꿈의 꽃이 봉실봉실 피어

푸른 호수를 덮은
대접 같은 붉은 연꽃송이

어머니는 행복스럽게 웃었다
붉은 연꽃은 그러나 다 피기도 전
푸른 호수와 함께 사라졌다

피었다 사라지고

사라졌다 다시 피었다

어머니의 머리는 어지럽고 아팠다

호롱불이 혼자 조으다
천정에 새앙쥐 털그덕 털그덕
회색 토방안이 서먹서먹 하여라

어머니의 꿈

벌써 흰 눈같이 하야졌습니다 어머니의 머리털은

두 볼이 마른 귤껍질처럼 쭈그러졌고

그렇게 꼿꼿한 허리도 구부려질 대로 다 구부려졌습
니다

그리고 벌써 아침 안개처럼 다 사라져 버렸지요

어머니의 곧은 안타까운 꿈은?

자식의 거룩한 행복

또 그것으로 받을 자신의 거룩한 행복에 대한 꿈

그 크지도 못한 꿈 그것을―위하여 이미 바친 공로
에 비하면 반에 반절도

대상(代償)이 못되는 그 꿈이

당신한테는 얼마나 용왕궁 같이 거룩하고 화려했겠
습니까?

얼마나 많이 축도(祝禱) 희망했겠습니까

마음으로 입으로 또 두 손바닥으로?

그러나 그것도 지금은 허황한 고담(古談)과 같이 모조리 단념해 버리고

빈민촌 한 구석 오막살이집에서

때묻은 행주치마를 걸치고

구부러진 허리를 굽신거리며

가쁜 숨을 헐떡거리며

손수 부엌일을 하는 당신을 생각할 때에 참으로 아프고 쓰립니다

가슴이 찢어지고 터질듯이

당신보다 더 불행한 많은 사람을 잊어버린 듯이

그러나 너무 서러워하질랑 말아주시오 어머니!

그 꿈이 사라졌다고 그 꿈이 다시 못 온다고

원래 어머니의 그 꿈은

너무도 독단의 꿈이었으니까요

너무도 이해없는 꿈이었으니까요

너무도 값헐은 꿈이었으니까요

(『조선문학』, 1940.1)

어서 가거라

—민족반역자, 친일분자들에게

어서 가거라 가거라,
너이들 갈대로 가거라,
동녘 하늘에 태양이 다 오르기 전에
이날이 어느듯 다 새기 전에,
가거라 어둠의 나라로
머언 지옥으로!

제국주의 품안에서 살이 찐,
오야꼬돈부리에 배가 부른,
스끼야끼, 사시미에 기름이 끼인,
마사무네 속에 취몽을 꾸던 너이들아.

얼싸안고 정사(情死)하여라 순사(殉死)하여라.
눈을 감은 제국주의와 함께
풍덩 빠져라.
태평양의 푸른 물결 속에
일본제국주의의 애첩들아,
일본제국주의의 충복들아.

또 어디가 부족하냐,
또 무엇이 소원이냐,
인젠 먹고 싶으냐 비후스테이크가
인젠 먹고 싶으냐 탕수육이
또 누구에게 보내려느냐
얄미운 그 추파(秋波)를.

어서 가거라,
모처럼 깨끗히 닦아 논 이 제단(祭壇)에
모처럼 봉지봉지 피어나는 이 화원에
굴지말고 늙은 구렁이처럼
뛰지말고 미친 수캐처럼

어서 가거라 가거라
너희들 갈대로 가거라
물샐 틈 없이 바위처럼 뭉치려는
우리 민족의 통일을 위하여

맑은 옥같이 티끌 없는
우리나라의 건설을 위하여
성스러운 조선을 위하여

오! 벌써 찬란한 태양이 떠오른다.

동녘 하늘이 밝아온다

요란히 들리다 참새 짖는 소리

어서 가거라 도깨비들아

무서운 마귀들아

어둠의 나라로

머언 지옥으로

(『횃불』, 1946.4)

여군대작(與君對酌)

창밖에 떨어지는 밤비
잔 위에 가을 바람 호수같이 돌다

그대의 입술에는
붉은 장미화가 피었구려

유리잔 밑 푸른 바다
그 속엔 살찐 물고기 뛰고

흰 갈매기 한 쌍
날아간 옛 동무를 부른다

안개 속 등대처럼
반짝이는 남포불

물에 젖은 붉은 눈알도
등대처럼 반짝인다

붉은 눈알이 붉은 눈알을
붉은 눈알이 붉은 눈알을

귀뚜라미 우는소리
군악같이 우렁차고

멋모르는 흰 고양이
남포 밑에 꿈을 꾸누나

여군대작(與君對酌) 2

빈 술잔들이
패잔병처럼 쓰러졌다

묘지보다도 쓸쓸하구나
그대가 가고 난 방안은

나는 혼자 긴 휘파람을 불었다

새까만 안개 속을
끝없이 달아나고 싶어
미친 말처럼 뛰고 싶어

흰 은하가 벌써
앞 산 너머로 기울어졌다

부슬부슬 떨어지는 늦은 가을비
석류꽃이 소리없이 떨어지다

왜가리

벼포기만 숭굿숭굿

사막같이 빈 논 위에
허수아비처럼 서 있는 아저씨

왜가리떼가 왝왝
머리 위를 지나가다

깊은 가을 늦은 황혼이었다.

우리를 가난한 집 여자이라고

-이 노래를 공장(工場)에서 일하는 수 만명 우리 자매에게 보냅니다-

우리들을 여자이라고

가난한 집 헐벗은 여자이라고

말초처럼 누른 마른 명태처럼 빼빼 야윈

가난한 집 여자이라고

×[너]들 마음대로 해도 될 줄 아느냐

고래같은 ×[너]들 욕심대로

마른 우리들의 ×[몸]를

젓 빨듯이 마음대로 빨아도 될 줄 아느냐

×[너]들은 많은 이익을 거름(肥料[비료])같이 갈라
가면서

눈꼽짝만한 우리 삯돈은

한없는 ×[너]들 욕심대로 자꾸자꾸 내려도

아무 이유 조건도 없이 신고 남은 신발처럼

마음대로 들었다 ××[팽개]쳐도 될 줄 아느냐

우리가 만들어 주는 그 돈으로
×[너]들 여편네는 보석과 금으로 꾸며주고
우리는 집에 병들어 누워
늙은 부모까지 굶주리게 하느니

안남미밥 보리밥에
썩은 나물 반찬
×[돼]지죽 보다 더 험한 기숙사 밥
하-얀 쌀밥에 고기도 씹어 내버리는
×[너]의 집 여편네 한번 먹여봐라

태양도 잘 못들어 오는
어두컴컴하고 차디찬 방에
출×[입]조차 ……[못하]게 하는

××[짐승]보다 더 ……[지독]한 이 기숙사 사리
낮이면 양산 들고 연인과 식물원(植物園) 꽃밭에
밤이면 비단 커텐 밑에서 피아노 타는
×[너]집 딸 자식 하루라도 시켜봐라

걸핏하면 길들이는 원숭이 같이
모진 ×××[채찍질]의 날카로운 ×[욕]
×[너]집 여편네 딸자식 한번 ×[주]어봐라

우리들은 여자이라고
가난한 집 헐벗은 여자이라고
마른 ×[피]를 마음대로 뺄라구 말라
우리도 항쟁을 안다 ……[투쟁]을 안다
아무래도 ×어 ×× 이러×는 우린데

이 ×[너]의 집에서 ××[잡혀] 나가는 걸

×××[순사들] 손에 ××[붙잡]혀 가는 걸

눈꼽만치라도 겁낼 줄 아나

아무래도 ××[승리]는 우리니

×[죽]을 때까지 하×[고] 하리라 ×[싸]우리라

又與君對酌[우여군대작]

   취했다구? 나를 취했다구? 그건 망령엣소릴세 어림도 없는 소릴세

   대체 무얼 먹고 취했단 말인가 어딜보니 취했단 말인가 딱하기도허이 억울도허이

   과하주(過夏酒)먹고 취했단 말인가 국화주(菊花酒)먹고 취했단 말인가 그럴찮다면 위스키에 삼편주(三鞭酒)에 배갈에 취했단 말인가 하다못해 내 얼굴이 원숭이 볼기짝처럼 붉단 말인가 내 잎에 홍시(紅柿)냄새 가무렁가무렁난단 말인가

   혹은 또 이를테면 내 두 다리가 서투른 댄스처럼 비틀거린단 말인가 혀끝이 화석처럼 굳어졌단 말인가 까닭을 모를세 이유를 모를세 철학적으로 해석해봐도 화학적으로 분석해봐도

   이 사람이 무얼 먹고 취했단 말인가 자네 술을 병아

리 눈물만치라도 주어봤단 말인가 꿈에라도 막걸리 한 잔 권해봤단 말인가

취중에 진정발(眞情發)이란 말이 있기는 하네마는 이렇게 생대같이 생생한사람을 멀쩡한 이 사람을 취했다는건 참 억울도허이 애매한 소리도 푼수가 있네 이 사람의 바로박힌 동자로 보신 바에 의하면 자네가 취한 것 같으이

암만봐도 취했다는 자네가 정말 취했네보이 내 말이 틀렸거든 틀렸다하려므나 억울커든 억울타하려므나

푸른 하늘한테 물어보게 내가 취했다는가 검은 땅한테 물어보게 내가 취했다는가 그도 못 믿으면 날아가는 참새한테 물어보게나 가만히 서 있는 느티나무한테 물어보게나

말하자면 이 사람을 이태백(李太白)이 남긴 찌끼나

먹는 따위로 아는가보이 술먹골난 고래타고 하늘 올라가는 자로 아는가보이 미안하지마는 이 사람은 그런 동태(凍太)같이 값헐은 사람은 아닌가보이

　비싼 이밥(米飯)먹고 아예 그런 소리 말게 꿈에도 행여 그런 소리 말게 내가 취했다고는, 물에 술탄 것도 술에 물탄 것도 먹어보지 못한 나를 술잔이 둥근지 모진지도 모르는 나를 자— 그런 농담엣소리는 그만 두고 망령엣소리는 행여 하지말고 춤이나 추세 이 발바닥이 다 닳도록 노래부르세 이 목이 다 쉬도록

운명

행복의 색채를 보았습니까?

행복의 중량을 달아봤습니까?

행복의 공정(公定) 가격을!

또 행복의 배급제도를 아십니까?

운명의 규율을 아십니까?

운명의 사상과 심정을 아십니까?

운명의 영역과 역사를?

또 운명의 방향과 속력을 아십니까?

높은 장대 위에 걸린 운명의 깃발

회색 구름 속에 펄럭거린다

원망(願望)

　발 한 걸음 말 한 마디에 만민이 머리를 숙였다 올
렸다하는 촉주재상(蜀周宰相)의 의자도 나는 싫소

　누른 금덩이 하얀 은덩이가 쏟아져 나오는 노다지
광산도 나는 싫소

　장미꽃 같은 어여쁜 처녀의 뜨거운 키스도 나는 싫소

　공원 가운데 높다랗게 내려다보는 푸른 미상(彌像)
도 나는 싫소

　황금도 싫소
　명예도
　사랑도 나는 싫소

오직 나의 한가지 원망(願望)은

가지고 있는 나의 피리를

마음대로 부는 그것뿐이오

(『동아일보』, 1938.12.3)

月光[월광]

달빛이 푸르고 밝으니
어머니의 하──얀 머리털
흰 백합화같이 아름다웠다

웨 안무서워요

어째 언니는 그렇게 하나도 안무서워요
우르 딱딱그르 대포소리같은
우뢰가 울고 불칼같은
번개가 번쩍 어릴 때도
가만 앉어 글만 쓰시지요

●, 여호 뿔난 도갑이가 뛰며
소리치는 검은 밤 산길
하늘을 찌르는 양국사람집밑에
전차 자동차 대마가
화살같이 갔다왔다 하는 큰거리에도
●●● 하나만 내두르며 다니지요

산더미같은 푸른 물결이 룡대가리같이

올랐다 내렸다 하는 큰바다 가운데도
대잎파리만한 배 한채 젓고
눈도 안깜작이고 건너가지요

그뿐이면 덜하게요
두눈이 왕방울같은 거인들이
수만명 모여있는 가운데도
주먹을 뚜라리며 소리를 쳐요
어째 언니는 그렇게 하나요
안무서울가요
나도 언제나 그렇게 될 때가 있을가

(『신소년』, 1927년 4월)

웨 어른이 안되요

내가 모이를 주어 기르는 병아리가 벌써 큰닭되여
머리우에 함박꽃같은 벼슬이 났어요
내가 모종을 얻어 심었던 백일홍은 요번 비에
봉이마다 필 때가 되었어요

올봄에 땅을 뚫고 올라온 금방주같은 죽순은
벌써 아버지 길로 두길이나 되었어요
그런데 저는 왜 이때까지
어른이 안되여요?

(『신소년』, 1927년 4월)

유언장

─하이네의 유언은 유언으로서의 가치를 발휘하지 못하였다 그것은 너무도 실행성이 적은 때문이다 그러나 모든 점으로 보아 하이네의 그것과 다른나의 이 유언은 유언으로서 가치를 충분히 발휘할 줄 안다

나는 자식도 친척도 아무 것도 없다
나의 조그마한 유산을 받을만한
그리고 또 나의 유언을 실행하여 줄 공증인이여! 이 너댓가지 유언의 틀림없는 집행은 오직 당신의 공명 정직한 성격과 지중한 책임 관념만 믿을 뿐이다

언제든지 시를 내리 봐도 치어 봐도 바로 봐도 모로 봐도
자신도 모르게 쓰는 천재시인 AB에게는

파우스트 유령 장면의 그림 한 폭과 제웅 한 개를
주노라
　그대의 시는 아마 유령이나 제웅만이 참 가치를 발
견할 수 있을테니까.

　그리고 2도(二度)의 근시용 안경 한 개는
　현실을 있는 그대로 똑똑히 보지 못하고
　안개 속의 신기루같이 요지경 속의 그림같이 보는
　천재작가 XY에게 특히 물려주노라
　새 축전지 넣은 회중전등 한 개도 함께 끼워서

　검누른 털이 빈틈없이 덮인 낯짝에
　채플린 수염 동실한 코를 얌전하게 부쳐놓은 탈을
쓴 덕택으로 존경받고 이름 높은 고급명사에겐

낡은 연미복(燕尾服) 한 벌을 아까우나 물려주노라
꼬리 감추기엔 마침으로 알맞게 되어 있으니
다만 탈이 벗어질 때 기절해 자빠지는 그대의 사랑
하는 아내를 위해서 강심제 주사 한대는 따로히 준비
할 필요가 있지만

한쪽 날개 부서진 장난감 비행기 한 채는
주책없는 칭찬 말 몇 마디에
일약 하늘같이 날으려는 철없는 일류대가에게

특히 물려주노라 오직 그대에게만
이것이라도 타고 어서 날아보게
단 우(右) 유산품(遺産品)의 기계성능에 대한 책임
은 일체 증유자(贈遺者)에게 무(無)함

그리고 나의 썩은 이 자리에 박은 이똥(齒滓[치재])
끼인 합성금(合成金)의치(義齒) 한 개는 누구든지 돈
가장 좋아한다고 용감히 손드는 자에게 주노라.

마지막으로 이상의 유산품 받는 자들의 대상(代償)
으로 이행할 의무는 나의 육체만 남은 몸둥이를
　화장도 표본용 각제(刻製)도 방부제 응용의 미 ―
라는 더구나 그만 두고두 귀와 두 눈알만을
　북악산 꼭대기에 달아두는 것 그것 뿐이다

倫理[윤리]

박꽃같이 아름답게 살련다
흰 눈[雪[설]]같이 깨끗하게 살련다
가을 호수같이 맑게 살련다

손톱 발톱 밑에 검은 때 하나 없이
갓 탕건에 먼지 훨훨 털어버리고
축대 뜰에 티끌 살살 쓸어버리고
살련다 박꽃같이 가을 호수같이

봄에는 종달새
가을에는 귀뚜라미 우는 소리
천천히 들어가며
살련다 박꽃같이 가을 호수같이

비오면은 참새처럼 노래하고
바람 불면은 토끼처럼 잠자고
달 밝으면 나비처럼 춤추며
살련다 박꽃같이 가을 호수같이

검은 땅 위에 굿굿이 서
푸른 하늘 쳐다보며
웃으련다 별과 함께
별과 함께

앞못 물속에 흰 고기떼 뛰다.
뒷산 숲속에 뭇새 우누나
살련다 박꽃같이 아름답게, 호수같이 맑게

倫理 II [윤리 II]

떫은 사랑 쉰 사랑
깨끗이 다 씻어버리고
살렵니다. 아침 대공(大空)을 나는 제비같이

한 냥 빚 두 냥 빚도
모조리 다 갚아버리고
살렵니다. 흐르는 한강물같이
구취(口臭)나 날세라 위아랫니(齒[치])
양추질 깨끗이 하고
살렵니다. 북악산 위 구름같이

어머니! 들려주옵소서
황소 울음 같은 자장가를
긴 해안선을 혼자 달려가는
기관차 소리 같은 자장가를

이 꼴이 되다니

윤 아(尹)—놈들이 가장 미워하고 우리가 가장 사랑
하는 윤아

네가 작년 10월 놈들의 손에 병신된 몸으로 누워있
는 줄은 벌써 알았다마는

길이 멀고 일에 바빠 인제야 온 것을 용서하여다고

그러나 윤아!

우리는 정말 몰랐더니라

네가 이렇게도 무섭게 말못하게 된 줄을

네 몸이 이렇게도 부서지고 못 보게 된 줄은

윤아—

작년 2월부터, 맵고 센 왜바람이 불어

수백명의 우리××[동지]들이 놈들의 쇠사슬에 매여
갈 때

너도 그 중에 가장 용감하고 대담 무려한 투사의 한
사람으로

염라궁같이 높고 무서운 몸집 경시청으로 들어가지
않았더냐

그 말을 우리 동지에게 들은 우리는

들고 있던 마치와 수군포를 떨어뜨리고

멀리 놈들의 치는 격금 소리를 귀기울이고 들었더니라

그리고 이를 악물고 주먹을 부르짖었더니라

그리고 일리－치의 "네가 만일 놈들의 미움을 받거던

네가 바른 길로 나아가는 가장 정확한 증거인인 줄
을 알아라" 하는 말을 생각하였더니라

그리고 우리들의 배운 것 없고 비겁한 것을 자책하
였더니라

그러나 윤아—

네가 맞은 게 결코 혼자 맞은 게 아니다

너 아픈 게 결코 너 혼자 분한 게 아니다

우리 노동자 농민 전 계급의 맞은 게다

전 계급의 아픈 게다

전 계급의 분한 게다

윤아—

네 가슴은 언제든지 화산(火山) 같이 타고 있으리라

그러나 네 신경(神經)은 또 언제든지 전선줄 같이

굳지 않느냐

쓰디쓴 웅담을 꾹꾹 씹어가면서

오는 그날을 몸달지 말고 기다려라

우리의 힘은 봄날의 풀잎처럼 자꾸 자라간다

홍수(洪水)같이 자꾸 밀고 간다 앞으로 앞으로 앞으로

그래서 앞에 자빠진 날에 영웅의 뜻을 저버리지 않을게다

윤아—

그러면 잘 있거라

동지들의 사랑 속에 잘 있거라

우리는 일이 바빠 가야겠다

그래서 우리가 우리 고국에 돌아가면

네 이야기를 우리 수백만 노동자 대중에게 소리쳐 주리라

그래서 우리에게도 너 같은 담대 무적한 투사가 있었던 것을

우리는 ×[저]들을 미워하는 마음으로 힘과 열을 지

으란 이리 – 치의 말을

아르켜 주마

윤아 그러면 잘 있거라

놈들이 가장 미워하고 우리가 가장 사랑하는 윤아!

—1929.5.2. ×동지를 차보고

(『무산자』, 1929.6)

자화상

A

거울을 무서워하는 나는
아침마다 하-얀 벽바닥에
얼굴을 대보았다

그러나 얼굴은 영영 안보였다
하-얀 벽에는
하-얀 벽뿐이었다
하-얀 벽뿐이었다

B

어떤 꿈많은 시인은
제2의 나가 따라 다녔더란다
단 둘이 얼마나 심심하였으랴

나는 그러나 제3의 나……제9의 나……제○○의 나
까지
언제나 깊은 밤이면
둘러싸고 들볶는다

전신주

푸른 꿈도 다 깨어버리고
누런 회한도 다 살라버리고

묵묵(默默)할 검은 전신주들
행렬을 지어 들어간다

흰눈을 소리없이 밟으면서
비인 골 속을

비인 골에는
까치 한 마디도 날지 않는다

전차

오늘도
내일도
아침에도
저녁에도
영원히 안 만나는 평행선 레일을
말없이 왔다갔다하는
경건한 전차!
경건한 전차!

접동새

접동새가 운다 그러나 나는 어쩐지
새 우는 소리같이 들리지 않았다

빈골 우거진 숲 속에서
외롭게 우는 접동새

할아버지는 정색하여 말씀하셨다
"불여귀 불여귀
귀촉도 귀촉도"
접동새는 꼭 이렇게 운다고

어머닌 그러나 자신있게 정정하셨다
"계-집 죽고
자-식 죽고

계-집 죽고
자-식 죽고"
접동새는 틀림없이 이렇게 운다고

남색 하늘에 수놓은 흰 구름을
바라보는 내 귀에는 그러나
발음도 정확하게 이렇게 들렸다
"고향이 그리워
바다가 보고싶어"

우리 세 사람은 그래서
저문 해 보리밭 언덕에서
붉고 푸르고 누런 세 가지 공상의 나라를 제각기 지었다

정야(靜夜)

겨울이 깊어가도
밤벌렌 그냥 우나 보다

멀리 들리는 밤 전차 소리
목쉰 황소 소리처럼 향수를 짜아낸다

탁탁이가 탁탁 뒷골목을 돌아가다

이웃집 시계가 한 시를 치다

정지한 기계

-어느 공장 ×××[노동자] 형제들의 부르는 노래-

기계가 쉰다

괴물같은 기계가 숨죽는 것같이 쉰다

우리 손이 팔짱을 끼니

돌아가던 수천 기계도 명령대로 일제히 쉰다

위대도 하다 우리의 ××[노동]력!

왜 너희들은 못 돌리나?

낡은 명주같이 풀죽은

백랍(白蠟)같이 하얀

고기 기름이 떨어지는 그 손으로는

돌리지 못하겠니?

너들께는 여송연(呂宋烟) 한 개 값도

우리 한테는 하루 먹을 쌀값도 안되는 그 돈 때문에

동녘 하늘이 아직 어두운 찬 새벽부터
언 저녁별이 반짝일 때까지 돌리는 기계

빈배를 안고 부르짖는 어린 아들 딸을
떨쳐 놓고 와서 돌리는 기계
기만척(幾萬尺) 비단이 바닷물같이 여기서 나오지만
추운 겨울 병든 아내 울울 떨게 하는 기계
가죽 조대(調帶)에 감겨 뼈까지 가루된 형제를 보고도
아무 말없이 눈물 찬 눈물만 서로 깜빡이며 그냥 돌
리는 기계

왜 너희들은 못 돌리나?
낡은 명주같이 풀 죽은
백랍같이 하얀

고기 기름이 떨어지는 그 손으로는
돌리지 못하겠니?

너들의 호위 ××이 긴 ×[총]을 머리 위에 휘두른
다고
겁내서 그만 둘진대야
너들의 사랑 첩(妾) 개량주의가 타협의 단 사탕을
입에 넣어준다고
꼬여서 그만 말진대야
우리는 애초에 ××××[노동운동] 시작 안했을 게다

못난 스카프가 쥐새끼처럼 빠져나간다고
방해되서 못할 진대야
너들이 가진 ××[총칼]에 떨려서

중도에 ××[포기]할 진대야
우리는 애초에 ××××[노동운동] 시작 안했을 게다
나폴레옹의 ×××도 무서울 ××[혁명]의 ××[의
지]가 우리에게 없었더라면
우리는 애초에 금번 ×[일]을 시작도 안했을 게다

기계가 쉰다
우리 손에 팔짱을 끼니
돌아가던 수천 기계도 명령대로 일제히 쉰다
위대도 하다 우리의 ××[노동]력!

왜 너들은 못 돌리나
낡은 명주같이 풀 죽은
백랍같이 하-얀

고기 기름이 떨어지는 그 손으로는
돌리지 못하겠니?

제비

그는 제멋대로 헤엄친다
바위도 모래도
섬도 가도 없는
새파란 하늘의 호수에
비시 비시 비시 시비 시비

그는 자유형 수영선수다.

두 날개를 활짝 펴고
위로 위로 가물가물 올라간다
푸른 대공(大空)의 물결을 헤치며
비시 비시 비시 비시

어느듯 또 밑으로 밑으로

보기좋게 미끄러진다
저공 비행하는 황취(荒鷲)처럼.

잔디밭 위에 폭탄이 떨어진다
비시 비시 비시 비시
화살같이 반월형을 지어
제멋대로 날다.

마치 대공이 제 혼자 영토인 것처럼.

이 편서 저 편으로
저 편서 이 편으로
비시 비시 비시 비시 비시

제멋대로 난다
제멋대로 재잘거린다
쳐다보는 많은 사족수(四足獸)를
내려다 보고 비웃는 것처럼
비시 비시 비시 비시 비시

除夕[제석]

뾰죽하냐 뭉툭하냐 이 해의 끝은 뵈지 않는다
구석마다 더듬어봐도

붉으냐 푸르냐 저 해의 첫머리는 뵈지 않는다
구석마다 더듬어봐도

방앗간도 우물 안도 외양간도 뒷간도 부엌도
촛불이 낮같이 밝건마는

가묘(家廟) 마당서 북두성 바라보신 할아버지
자신 있게 예언하신다
명년은 풍년이 들게라고
비가 잦을 것 같다고

새까만 세월의 큰 물결이
소리 없이 흘러가다
강물처럼 흘러가다
적은 두멧마을을 덮어서

조학병(弔學兵)

"약소민족해방 만세!
인민공화국 만세!"
이것은 그대의 장열한 마지막 규호(叫號)였다
백색 테러의 모진 탄환에
젊은 숨이 끊어지면서
뜨거운 피가 붉은 심장이 마지막 끓어면서 부르짖는
유언이다.

오! 그대는 또 다시 못 부르느냐
분노가 찬 입술을 악물고
"약소민족해방 만세!
인민공화국 만세!"

그러나 또다시 부르리라

수많은 그대의 동지들이
조선을 사랑하는 백만 대중이
연달아 부르리라 자꾸자꾸 부르리라

"약소민족해방 만세!
인민공화국 만세!"
오! 행복스러워라
일본놈의 전장 속에

일본놈을 위해 개처럼 죽지 않은 그대
조선민족을 위해 싸우다
조선의 땅 북악산 앞마당서 죽은 그대

참으로 행복스러워라

"약소민족해방 만세!
인민공화국 만세!"
를 부르면서 죽은 그대
길이 평안하여라
젊은 영령(英靈)이여!

(『학병』, 1946.2)

지도에 없는 아버지

선생님 이 지도 좀 보세요

누런 여기가 륙지

퍼런 저기가 바다라지요

붉은 당사실같이 꼬불꼬불

놓여있는 이게 기차가는 철도

적은 진주같이 똥골똥골 뀌여있는 이게

고을이름이지요

강아지털처럼 송송한 이것은 산이고

한밤에 별처럼 여기저기 허터져있는것은

섬이지요

쭈구리구 꼬부랑이 외처럼 오고랑해있는 이게

일본이지요

이 바다는 자꾸자꾸가면 많은 나라
이 철도로 자꾸자꾸가면 일군많은 아라사이지요?

여기가 우리 나라
여기가 일본가는 동래부산
여기가 이사짐 많이 가는 북간도
그런데 우리 아버지 계신데는
어델가요
여길가요
저길가요
아모리 찾어도 없어요

(『신소년』, 1927년 4월)

집

우리집이 어드매 어느 게냐구요
산 너머도 바다 건너도 아니라오

당홍 고추 하──얀 박이 울긋불긋
초가 지붕을 수놓은
저──기 저 집이라오

꽃송이 같은 반시홍시
전설같이 주렁주렁 달린 감나무에
까치 한떼 날아앉은
저──기 저 집이라오

건너편 푸른 산 바라보며
얼룩박이 황소 한 마리

혼자 여물 씹는
저──기 저 집이라오

초록 저고리 분홍치마 길게 끄으는 색시 뒤에
감둥강아지 따라나오는
저──기 저 집이라오

붉은 황토밭 밑 늙은 느티나무 뒤
저──기 저 집이라오

책을 살으면서

-히틀러의 부르는 노래-

제1곡

갈(褐) 빛 샤쓰입은 동무들아 쇠투구 눌러 쓴 동무
들아 독일적 곡조의 나팔을 높이 불러라

그리고 모조리 태워버려라 무어든지

독일적이 아닌 글

게르만 혼이 없는 책은

엥겔스, 고리끼의 것이야 말할 것도 없고

레마르크, 싱클레어도 성해방을 지껄이는 히루슈에
르드의 것도

모조리 살라버리라

제2곡

　오! 바이에른의 실업가 어른들이여 독일은행 디스카운트 은행 주주님들이여
　루르 지방의 중공업가 나으리들이여
　그리고 우리 독일의 모든 금융가 실업가 지주들이여 이젠 안심하십시요
　붉은 포도주 누런 삐-루를 마음놓고 들이키십시오
　당신들의 금고 당신들의 땅은
　이젠 안전지대 위에서 영원한 미소를 하리라
　Wahrheit(진리)란 글자가 불 속에서 타면
　Wahrheit 그 물건도 역시 푸른 연기로 사라진다는 건 오직 卐(하켄크로이츠) 것
　발 밑에 있는 우리들만이 아는 것 아니오니까

제3곡

아! 비웃는 자여 마음껏 비웃어라

로-마시에 불붙혀 놓고 기타치며 노래하는

네로와 같이 모질다고도 하여라

2천 여년전 동양의 진시황보다 더 어리석다고도 하

여라

이십세기의 철없고 가엾은 칼 춤추는 도화역자(道化

役者)라고도 하여라 나

는 오직 충복의 임무를 다 할뿐이다

사랑하는 우리 님들의 이익을 위해 용감하게 싸울

뿐이다

그래서 게르만 혼을 미친듯이 부르짖고

卐기를 멋없이 날릴 뿐이다 지구성이 태양을 쉼없

이 돌든지 말든지

　라인 강물이 밤낮으로 흐르든지 말든지

　　　　　　　　（『조선일보』, 1933.6.22）

청당(淸塘)

깊은 가을 맑은 못 밑에
푸른 별들이 반짝 반짝

푸른 별들은 물결을 따라
오르락 내리락

하-얀 고기들은 별을 따라
오르락 내리락

그들은 어여쁜 별을
한 입에 삼키려고

청대콩

뜰 앞에 산산이 흩어진 내 시
낱낱이 새파란 청대콩이 되다

하늘서 푸르르 날아온 붉은 비둘기
알알이 다 주워 먹어버리다

秋夜長[추야장]

바다 같은 누른 낙동강 물이
뭉게뭉게 '밀치등'꺼정 차올라와
삼대 같은 갈 벼내고 심어논 모포기
삼간(三間) '새나리'집
항아리 바가치 외양간에 황소꺼정
모조리 뚱뚱 떠나간 사년 전 이야기

오늘밤도 또 할아버지는
재미나게 이야기하였다

가물가물 타는 생선기름 등불 밑에
덕석 새끼를 꼬면서

追憶[추억]

저건너 강언덕
감나무숲 우거진 속
한낮에 닭우는 소리
은은히 들리는 그 동리엔

걱정두 미움두 아무것두 없고
색시란 색시는 다 해당화같이 아름다운 줄
어릴때 난 언제나 생각하였습니다.

타락(墮落)

지도자의 자리는 가지고 싶다
이름도 넓히고 싶다
그리고 소부르 생활도 하고 싶다

그러나 딱하다 가엾다
희생심은 없다
용감성도 없다
지식의 병기도 다 되었다
모순이다 번민이다 딱하다 가엾다
그래서 그들은
회색의 깃발을 높이 들고
………[우리들]을 무리하게 끈다
……으로! ……[우리]편으로!

오! 딱하다 가엾다
미웁다 무섭다
그들은 가만히 앉었기나 하면
죄나 없으련만

토지(土地)

- 북조선 함경도 어느 농민을 대신하여 -

뉘라서 꿈엔들 생각했겠나?

이런 세상이 우리 앞에 올 줄이야

5대째나 내려왔다는 송참봉 땅이

올 봄부터 내 논이 될 줄이야

그게야 덕포(德甫)위원장(농촌) 말마따나

하늘에서 왜 찍어서 마련한 게 아닐 바에야

송참봉이라구 몇 백년이나 혼자 가지라는 법도

김첨지라구 자자손손이 소작만 하라는 법두 없겠지마는

겨울이면 언제든지 겨울인가

봄도 오겠으니

천년이나 조선 차지하자던 왜놈도 물러가겠으니

응! 제 손으로 제 땅 갈아먹는 세상

된가래만 떼고는 사지 못하는 세상
이게 과연 민주주의로구만
민주주의! 민주주의!
나는 정말 무엇도 몰랐더니
어제나 오늘이나 땅파구 또 땅파도
밭 한 떼기 가져도 보지 못하던 우리
아침부터 저녁까지 일하구 또 일해두 배만 곯던 우리
오양간에 누렁쇠보다도 불쌍하던 우리
이젠 해방이다
다시 한번 해방이다

작년엔 왜놈의 쇠사슬
금년엔 지주의 쇠사슬에서
이것이야말로 앙이구 무엇이냐

우리 농민들의 참다운 해방이

당쉬야 녹두콩아 마음대로 자라라
자유스러운 이 땅에서
뻐꾸기야 구제비야 마음대로 노래하구 날아라
자유스러운 이 벌에서
우리도 높이 부르겠다
새로운 농부가를 해방의 노래를
말이야 바른 말이지 훌륭하기도 하지
인민위원회의 힘
놀부보다도 나쁜 배짱이지
이런 세상에 온 맘먹는 놈들

(『현대일보』, 1946.7.8)

투시(透視)

말없는 하늘

마음없는 하늘

죄없는 하늘

그저 물끄러미 쳐다보았다

바다같은 하늘을

그저 뚫어지게 보았다

그러나 아무 것도 뵈지 않았다

뚫어지게 보았다

그러나 푸른 하늘 뿐이었다

팔

팔!
이놈의 팔!
푸른 심줄이 구리 쇠줄같이 삐친
억세고 굵은 이놈의 팔!

이놈은 일평생
좁쌀 된장 김치 외에는
아무 자양분도 먹어보지 못한 팔이다!
비단이라고는 인조견 한 조각도 감아보지 못한 팔이다.

책 한 권도 끼고 다녀 보지 못한 팔이다.

이놈은 아내의 보드라운 팔을 한번이라도 같이 끼고
시원한 거리로 거닐어 보지 못한 팔이다.

벤또 끼고 나올 때에 방긋방긋 웃으며 안기는 어린 자식도
마음놓고 안아보지 못한 팔이다

이놈은 어려선 토막(土幕) 속에서 커서는 연돌 밑에서 태양빛을 보지 못한 팔이다.
이놈은 언제든지 검은 기름이 누덕누덕 묻어있는 팔이다.
이놈은 언제든지 흥분에 혈관이 펄펄 뛰는 팔이다.

그렇지만 이놈은
두자 한치도 안되는 이놈은
이놈이 한번 기계에 닿으면
커다란 쇠바퀴가 가죽 조대(調帶)와 함께

터르르…… 터르르…… 돌아가고

이놈이 한번 팔짱을 끼면

터르르…… 터르르…… 돌아가던 기계도

죽은 듯이 쉬는 팔이다

오— 사랑하는 이놈의 팔아!

젊은 기계공(機械工)의 팔아!

새 세계를 창조하려는 팔아!

더욱 씩씩하거라

더욱 튼튼하거라

더욱 억세거라

(『조선중앙일보』, 1933.10.22)

풍경(風景)

저— 영감 좀 봐요

아-주 대머리 뒷꼭지에다

감투를 탁 재껴 쓰골랑

한 손에는 곰방 담뱃대

한 손에는 단장을 끄으는 집주름

어둔 골목을 비틀 비틀

혼자 빙글빙글 웃으면서

호박밭 서주사(徐主事)네 집

흥정을 붙인 게지

프로펠러

아히야——
프로펠러같이 용감하여다고
잠행정(潛行艇)같이 침착하여다고

그러나 잊지를 말아야 한다
익은 임금(林檎)처럼 충실하여라
은행잎처럼 영리하여라

하몽(夏夢)

넓고 망망한 이 지구 위엔
산도 바다도 소나무도 야자수도
빌딩도 전신주도 레일도 없는

오직 불그레한 복숭아꽃 노-란 개나리꽃만
빈틈없이 덮인 꽃 바다 꽃 숲이었다

노-란 바다 불그레한 숲 그 속에서
리본도 넥타이도 스타킹도 없는 발가벗은 몸둥이로
영원한 청춘을 노래하였다

무상(無像)의 조각처럼
영원히 피곤도 싫증도 모르고

영원히 밝고 영원히 개인 날에

나는 손으로 기타를 치면서
발로는 댄서를 하였다

그것은 무거운 안개가 땅을 덮은
무덥고 별없는 어느 여름밤 꿈이었다

한역(寒驛)

바다같은 속으로
박쥐처럼 사라지다

기차는 향수를 실고

납같은 눈이 소리없이
외로운 역을 덮다

무덤같이 고요한 대합실
벤치위에 혼자 앉아
조을고 있는 늙은 할머니

왜 그리도 내 어머니와 같은지
귤껍질같은 두 볼이

젊은 역부(驛夫)의 외투자락에서
툭툭 떨어지는 흰눈

한송이 두송이 식은 난로 위에
그림을 그리고 사라진다

幸福[행복]

얼근히 기분 좋게
아버지는 오래간만에 취하였다

배나무 밑 분(粉)네집서
추탕하고 한껏 자신 것이다

몇 번이나 되풀이하였다. 반쯤 혀굳은 소리로
우리집 운수도 인젠 돌아온다고

빙글빙글 두 손을 마주 비비며
어머니도 어쩔줄을 몰랐다

팔년 동안 면 급사로 있던 내 아우가
오늘 서기로 승급한 것이다.

幸福[행복]의 風景[풍경]

따스한 가을 햇빛
양털보다 부드럽다

노——랗게 물들인 뜰
금박(金箔)처럼 반짝이다

햇빛을 그리여
햇빛을 사랑하여

왔다갔다하는 개미떼

또 보았을까
이보다 더 행복스러운 풍경을

허수아비

영원한 진리를 생각는
철인(哲人)이란 말인가

말없이 실행만 하는
영웅이란 말인가

가을빛 깊은 고요한 들 위에
혼자 묵묵히 서 있는 그대여

그대의 이름은 영원히 허수아비니라
영원히 허수아비니라

호피(狐皮)

사람은 죽으면 이름을 남기고
여우는 죽으면 가죽을 남긴다든가

여우 가죽은 그렇지만
겨울 색시들의 목을 위해 남기는가

여우는 죽어도
영원히 산다
어여쁜 색시의 어깨 위에서

화경(火鏡)

별들은 푸른 눈을 번쩍 떴다
심장을 쿡쿡 찌를 듯
새까만 하늘을 이쪽 저쪽 베는
흰 칼날에 깜짝 놀랜 것이다

무한한 대공(大空)에
유구한 춤을 추는
달고 단 꿈을 깬 것이다

별들은 낭만주의를 포기 안 할 수 없었다

환몽(幻夢)

  그것은 아람된 둥근 기둥 억센 대들보로 지은 커다
란 집이었다

  분가루 하야-케 바른 벽
  유리가루 번질거리는 장판자리
  은장식 장(欌)이 천장까지 닿아 있는 방이었다

  아내는 커다란 경대(鏡臺) 앞에 앉아서
  새로 지은 옥색 양단 저고리를 여미고 있다
  그의 얼굴은 박 속처럼 보-얗고 어린 비둘기처럼
평화스러웠다

  그리고 학교서 돌아온 아들은
  낙타털 외투, 가죽 책가방을 걸어놓고

양과자를 한 입에 씹는다
라디오서 나오는 노래 소리를 재미있게 들으면서

그는 만열(滿悅)의 미소가 입술까지 떠올랐다
훈-하게 더운 공기 속 두터운 보료 위에 비스듬히
앉아서
방안의 행복스러운 풍경을 볼 때에

그러나 그 순간 그는 두 눈을 퍼떡 떴다
천정 위로 우르르 지나가는 자동차 소리에
그는 멍멍하게 둘러보았다 캄캄한 거적 방 속을

쌀쌀한 가을 밤바람이 거적문을 헤치고 불어온다 새
파란 달빛과 함께

등바닥엔 차고 누습한 이슬이 어려 있었다
의식없이 그는 양쪽 팔 밑에 자고 있는 아내와 아이
들을 불러보았다
"여보—"
"…………"

"얘 두경(斗敬)아!"
"…………"

그들은 아무 대답없이 그저 시끄럽게 코만 골았다
종일의 노동으로 고단에 지침인지
그는 깨고 난 꿈을 한참동안 다시 그려보았다
그러다 머리를 흔들어 버렸다

그는 긴 한숨을 내쉬었다

천장 위에는 또 우르르 자동차가 지나갔다
어느 요리집에서 늦게 나오는 차인지,
취한 남녀들의 노래 소리가 차차 멀리 들린다

(『조광』, 1940.2)

환희

아득한 절망을 느낄 때도 있습니다
백척단애(百尺斷厓)에서 떨어질 때처럼

못 견디게 못 견디게 쓰라릴 때도 있습니다
벌겋게 달은 부젓가락으로 혓바닥을 찌질 때처럼

한없이 눈물이 나도록 슬픈 때도 있습니다
애인이 마지막 손을 잡고 힘없는 두 눈을 감을 때처럼

그러나 그 모든 것이 아침 안개와 같이 사라집니다
동녘 하늘에 올라오는 새벽빛을 볼 때엔

나는 지금 부채살같이 피어 올라오는 새벽빛 앞에서
두 팔을 힘껏 벌리고

깊은 환희에 심장이 뛰놉니다
모든 절망, 쓰라림, 슬픔을 다 버리고

나는 다시 두 주먹을 불끈 쥐고
불그레한 동녘 하늘을 바라보며
하나 둘 셋 힘찬 답보(踏步)를 또 한번 하였습니다
기인 심호흡을 또 한번 하였습니다

荒鷲[황취]

갈가마귀 한떼 휙 날아가다
산마을 감나무숲 위로

힘찬 파문이 일어나다
맑은 가을 하늘에
개가 궁궁 짖다

어머니는 또 생각하였다.

먼 남녘 하늘 날아다니며
마음대로 태평양을 짓밟는

용감한 황취(荒鷲)의 아들을

대공(大空)의 아들을 그는 생각한다
날아가는 새짐승을 볼 때마다

희망(希望)

꼬부러진 소나무에
목련꽃이 훨쩍 피었다
붉은 아침해가 오른 것이다

살찐 수탉이 두 날개 훨쩍 펴
금가루를 털털 날린다

푸른 제비여 나는 아노라
너가 오늘은 어디로 가랴는 것을

그리고 나는 시기하지 않는다
너의 자유스러운 명랑한 행복을!

기쁘다 유쾌하다

나도 내일은 유황내 나는 헌 옷을 벗어버리고
구름을 따라 대공을 나련다

지성의 잎이 떨어진 자리에
지성의 꽃이 피었다

이웃집 황소 우는소리
우렁차게 들린다.

권환

(權煥, 1903~1954)

시인 · 소설가.

본명 경완(景完).

경남 창원군 진전면 오서리 출생.

1927년 유학생 잡지인 ≪학조≫에 작품을 발표하면서 문학 활동을
　　　시작.

1929년 필화 사건으로 일본 경찰에 피검.

1929년 일본 쿄토[京都]대 독문과 졸업.

1930년 『음악과 시』에 〈머리를 땅까지 숙일 때까지〉를 발표하면서
　　　등단.

1931년 11월 20일 조성남(趙聖南)과 결혼.

1934년 동아일보에 〈달〉 등 발표.

1938년 동아일보에 〈원망〉 등 발표.

1943년 제1시집 『자화상(自畵像)』(조선출판사) 발간.

1944년 제2시집 『윤리(倫理)』(성문당서점) 발간.

1946년 제3시집 『동결(凍結)』(건설출판사) 발간.

1946년 조선문학동맹 산하 전국문학자대회 서기장 역임.

1954년 7월 7일 폐결핵으로 투병생활을 하다 마산 자택에서 사망.

시인 권환은 1903년 경남 창원군 진전면 오서리에서 태어났다. 서울 중앙중학과 휘문중학을 거쳐 제일고보를 졸업했다. 이후 일본의 야마가타 고교에서 수학하고 교토제국대학에서 독어독문학을 전공했다. 1927년 교토대학에서 유학생 잡지인 ≪학조≫에 작품을 발표하면서 문학 활동을 시작하지만, 1929년 필화 사건으로 일본 경찰에 피검되어 귀국 후 3년간 옥고생활을 했다. 이때 그는 사회주의 사상에 깊이 경도되어 자신의 문학적 경향을 내재했다. 그리고 그해 조선으로 귀국해 카프와 본격적인 인연을 맺어 회원으로 시 〈우리를 가난한 집 여자이라고〉(1930)과 소설 〈목화와 콩〉 등을 발표하였다. 카프중앙

집행위원에 피선된 그는 당시 카프의 예술대중화론에 입각한 혁명적 노동의식을 전면적으로 주창했다. 그 사이에 1931년 11월 20일 조성남(趙聖南)과 결혼을 했다. 이후 카프 1차 검거 시기 불기소 처분을 받으면서 폐결핵을 얻었다.

1946년 그는 조선문학가동맹의 핵심 인물로 등장하면서 본격적인 문학 조직 활동을 재개했다. 그러나 남북한이 단독 정부를 수립하고 분단이 현실화하면서 좌익 문단의 분열과 갈등은 심화되었다. 이 과정에서 조선문학가동맹의 문인들은 대부분 월북을 선택했지만, 1948년 부친이 사망하고 자신의 병이 악화되어 다른 문인들과는 달리 월북을 선택하지 않았다. 그리고 마산 완월동 작은 판잣집에서 폐결핵과 싸우다 1954년 7월 7일 자택에서 사망했다.

좌와 우, 그 대립의 근현대사 속에서 노동자와 농민의 삶 자체를 진정으로 그려낸 시인 권환은 불우했던 우리 근대 문학사의 한 상징으로 남아 있다.

카프 시인 권환

분단 이후 1988년 월납북 시인들의 작품이 해금되기까지 우리는 그들의 작품은 물론 그들의 존재조차 몰랐다. 그때까지 학생들이 읽던 문학교과서는 반쪽짜리 교과서였다 해야 할 것 같다. 정지용 시에 나타난 뛰어난 서정성과 임화가 개척했던 단편서사시들을 제쳐두고 우리의 문학을 이야기하던 시대가 있었다는 건 제대로 된 문학논의라 할 수 없었음을 인정해야 할 것 같다.

그의 작품 세계는 두 가지로 나누어 살펴볼 수 있다.

첫째는 계급의식과 아지프로(Agi-Pro) 시, 정치투쟁의 시세계이고,

둘째는 전향과 순수서정 지향성으로의 시세계이다.

권환의 초기 시에는 기본적인 면에서 일제강점기 식민지 현실의 제반 질서와 자본주의 가치체계를 부정하고 있으며, 후기 시에는 작품을

통해 잊혀져 가는 고향과 더불어 순결한 사람의 자세를 가지려고 노력한다. 소외된 현실에서 벗어나 암담한 상황에서 탈출을 꿈꾸는 권환의 소망에는 비애가 서려 있다.

시인 권환이 파란 많은 격랑의 시대를 살아오면서 프롤레타리아 문학을 거쳐 순수 서정시의 세계로 전향한 것은 시대적인 흐름이라기보다는 개인의 실존적 삶에 대한 사회적 역사적 인식의 과정일 것이다.

큰글한국문학선집: 권환 시선집

자화상

© 글로벌콘텐츠, 2016

1판 1쇄 인쇄_2016년 07월 20일
1판 1쇄 발행_2016년 07월 30일

지은이_권환
엮은이_글로벌콘텐츠 편집부
펴낸이_홍정표

펴낸곳_글로벌콘텐츠
　　　등　록_제25100-2008-24호
　　　이메일_edit@gcbook.co.kr

공급처_(주)글로벌콘텐츠출판그룹
　　　기획·마케팅_노경민　　**편집**_송은주　　**디자인**_김미미　　**경영지원**_이아리
　　　주소_서울특별시 강동구 천중로 196 정일빌딩 401호
　　　전화_02-488-3280　　팩스_02-488-3281
　　　홈페이지_www.gcbook.co.kr

값 22,000원
ISBN 979-11-5852-104-2 03810